花朵脸

邓一光 著

Memento

图书在版编目（CIP）数据

花朵脸 / 邓一光著. -- 广州：花城出版社，2022.4
ISBN 978-7-5360-9547-2

Ⅰ. ①花… Ⅱ. ①邓… Ⅲ. ①短篇小说－小说集－中国－当代 Ⅳ. ①I247.7

中国版本图书馆CIP数据核字(2022)第032647号

出 版 人：张　懿
责任编辑：林　菁
技术编辑：凌春梅
装帧设计：刘　凛　刘黎立

书　　名	花朵脸 HUADUO LIAN
出版发行	花城出版社 （广州市环市东路水荫路11号）
经　　销	全国新华书店
印　　刷	佛山市浩文彩色印刷有限公司 （广东省佛山市南海区狮山科技工业园A区）
开　　本	880毫米×1230毫米　32开
印　　张	8.25　1插页
字　　数	150,000字
版　　次	2022年4月第1版　2022年4月第1次印刷
定　　价	42.00元

如发现印装质量问题，请直接与印刷厂联系调换。
购书热线：020-37604658　37602954
花城出版社网站：http://www.fcph.com.cn

目 录

001　第一爆
029　离开中英街需要注意什么
057　猜猜云彩

083　带你们去看灯光秀
105　纪念日
125　薯莨的秘密你可能知道
153　花朵脸

181　入侵物种
211　豆子去哪了
235　像一块即将消失的陨石

第一爆

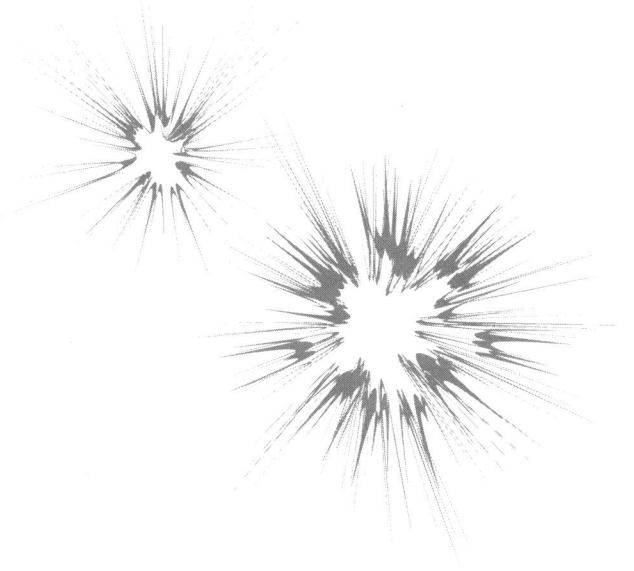

现在我知道蛇口工业区的意义了,它的确是一项了不起的工程,它让这个世界变得不一样了,它改变了很多人的命运。而我年轻时为它奉献了青春,我的命运也改变了,这一切都是我努力创造得来的。

当年的蛇口五湾可没有这么漂亮，现在蜿蜒着美丽滨海路的地方，当年是人迹罕至的虎崖山，山上长着一团团蓬头垢面的马尾松和鹧鸪草。站在山头，山势顺着脚尖落下去，向东南方漫延出一大片潮间带，和蓝宝石色彩的大海隔着老大一段距离。当年我和邹不三争论，能不能从山头跳起，直接跃过山下的滩涂，一头扎进大海，我俩争得面红耳赤，老胡在一旁看着直乐。

"屁抛物线，你当是麻雀呀？"邹不三朝脚边沙土吐了口唾沫，不屑地瞥我。

"欸，怎么啦，偏长翅膀，有本事射我下来！"我挣出颈动脉尖着嗓门朝邹不三喊。

我说的当年是一九七九年，蛇口工业区建设刚刚拉开序幕。我们队头一批开进蛇口，任务是挖掉五湾和六湾之间的虎崖山，在海边建两座港口。测算过，工程第一期要搬走六百多万方土石，结果干了一个月，连山头都没剃掉，照这个速度任务根本完不成。局里一看不是办法，决定采取集群爆破，在山上掏几十个竖井，井里填上炸药，直接把虎崖山炸掉，有个豪气冲天的说法，叫移山填海。

我和邹不三，还有老胡，我们三人在一个队，因为是同县老乡，平时走得近。那会儿我十九岁，小镇青年，刚从技校毕业，分配到队里当实习技术员，一门心思顺利度过实习期，早日当上令人尊敬的工程师，所以才想象从山头高高跃起，直接跳进大海。而邹不三认为，如果大海是一锅油汪汪的红烧肉，他也能一头扎进去，可惜大海就是大海，他不能直接跳进去，我也不能。邹不三比我大两岁，大学肄业，局里下派到我们队的材料员。邹不三给人的印象是那种时刻透着自己和别人不一样，但运气又不怎么好，所以总显出一种让人牙酸的神色，因为这个，队里人都不喜欢他；有人私下传，他因为考试作弊被学校开除，顶替父母招进局里后又故技重犯，抄廖工的图纸，这才被贬到队里。一开始，邹不三的日子不太好过，后来老胡看不下去了，谁说邹不三他就批评人家：

"噪鹊子叫得好听不？兴许还叫劈两声呢，就不兴人家改正？"

老胡本名胡莲生，大我和邹不三几岁，一米八个头，有个让人羡慕的大喉结，是那种特别有爱心，想把所有人的事情都给包圆了的热心快肠人。老胡在军队干过，副排级转业，队里车队的副队长，人家换轮胎都是两人合力滚，他百二十斤的胎拎着就走。他说话有底气，慢慢地，就没人再说邹不三了。邹不三感激涕零，拿老胡当亲兄长，一口一个大哥。老胡下面有个弟弟，小时候得麻疹夭折了，不爱听人家叫哥，严肃脸说邹不三，什么哥不哥的，别搞那么庸俗，你就记住，扛着草棍的蚂蚁翻不过土坷垃，历史包袱撂下，和大伙儿搞好关系，别冰雹砸烂了道，自己再上去踹两脚。邹不三不爱人家提大学的事，谁提都是捅他腰眼，老胡的话他只当没听见，仍然大哥长大哥短的。时间长了，老胡再不愿意也只能应着。

我不随邹不三叫，我管老胡就叫老胡。我不是不尊敬老胡，主要是和邹不三我俩一对冤家，老顶牛，见海鸟争翎毛黑红，见海龟争公母雌雄，他管老胡叫大哥，我偏不叫。老胡也不计较，笑眯眯在一边抠巴掌上的茧花听我和邹不三吵架，我俩要吵急了眼，动起手来，他就管了。

"斗狠是不是？有这个横把山头上的蚊子灭干净，自家兄弟干仗算什么？"老胡收起笑眯眯的脸，罚我俩，"站到崖边去，站直了，唱歌，不带停，唱三遍！"

我和邹不三就乖乖站到山崖边去，泥手贴着汗渍渍的大腿，胸脯挺得老高，冲着海湾对面的元朗大声吼：

> 古老的东方有一条龙，它的名字就叫中国；
> 古老的东方有一群人，他们全都是龙的传人；
> ……

我和邹不三唱龙和它的传人，不因别的，我们脚下站着的蛇口，是当年嫦娥丈夫射日的地方，那位尧帝的御用射师怒射九日，误射下护日的九头神蛇，神蛇掉在蛇口，变成九曲海湾。老胡让我俩唱三遍，是要教育我俩牢记传统，用他的话说，蛇五百年成蛟，蛟经千年成龙，龙过一千五百年变成神龙，腾身上天，就是咱中华民族的样子。

"大哥说得很好，我替大哥补充一下。"邹不三郑重其事地清了清喉咙，端正身子，"据古书记载，从开天辟地的盘古，到华夏始祖女娲、伏羲和轩辕，个个是人首蛇身，这还不算，尧舜二帝的爹也是蛇。所以，从科学角度讲，我们血管里流淌着祖先的血，迟早要腾飞。大哥你说对吧？"

老胡不清楚中华神和半人神的前世今生，却喜欢听腾飞的话，于是目带欣赏地看邹不三。我愿意信老胡，不想听邹不三吹牛，可他俩说的是一回事，我只能随手从身边撕下一片鲁班锯般硬朗的铁芒萁在手中玩，闷闷地不说话。

话说那会儿我们来蛇口三个多月了，一开始大伙儿努力干，每天工作十小时，每个组挖土石方二三十车，效率很低。总结原因，山头窄，堆不下重型机械，几十个深达十数米的竖井大多靠人工挖，进度拉不起来。以后各队队长神秘兮兮去山下指挥部开过两次会，回来后一个个脸涨得通红，像是被人弄到火炉边烤了一通，端着广口搪瓷杯站在竹棚门口大口灌凉水。灌完召集队里传达精神：蛇口工程是中央决定的，对内造福十亿人民，对外支援亚非拉兄弟，必须保质按时完成，半点折扣都不能打。

中央精神气势不可谓不大，问题是，大伙儿不明白，蛇口不过十平方公里出头，巴掌大点的偏僻半岛，居民几百户，除了一个简易渔港，几家门脸小到迈两步就错过的杂货店，几条鼬獾和花面狸跟人抢道的乡间小路，就是破镜一般的散碎水田和大片寂凉的野山，站在山上跺一脚，鸟屎能糊上鞋帮，在这儿划出两平方公里建个工业区，怎么就能造福十亿国人再支援十亿非洲兄弟？大伙儿不懂其中的逻辑，糊里糊涂。队长们也急，又不能反复去问指挥部——工程队扎营虎崖山工地，指挥部在镇上，去镇上要过一条小河，那会儿正是台风季，雨一落河水就暴涨，八月二号那天八号特大强台风登陆，冲走了两个人，以后规定不经指挥部批准不能随便去镇上。

事情最后还是处里张秘书解决的。张秘书是清华大学工农兵学员，写材料传达精神有一套。他看队长们有难处，挨个给队长们打电话，说别小看两平方公里，知道天安门广场多大？零点肆肆平方公里，你能说它不是世界革命的中心？你们就记住一条，这回咱们不隔空喊话了，咱们是动真格的，上资本主义道路，在正面战场上和敌人拼刺刀！张秘书的话通俗明了，队长们立刻就明白了，这是要和腐朽的资本主义正面作战，两平方公里相当于撕开口子的破袭战,意义在打响第一枪,这样一想就豁然开朗。可不知谁把这话捅到上面,张秘书很快被调走,据说等待他的将是严厉的批判和处置。

"话说得挺清楚,表扬不给就算了,闹不上处分。"事后老胡惋惜地评价。

"大哥说得对,总是处理这个处理那个,不爱惜人才,可惜清华大学了。大哥,你说对吧?"邹不三心有戚戚,和老胡保持高度一致。

我没接他俩的话。我也觉得大学可惜,可要是工程师整天在战场上和敌人拼刺刀,这个事我就有点犯糊涂了。

不管怎么说,工程进度问题还得解决。有人建议实行超产奖励。局里紧锣密鼓讨论了两天,局长书记签字,定下奖励方案,每天每组定额五十五车,每车奖两分钱,超额每车奖四分。大伙儿的干劲一下子提起来,工程进展神速,头一个月下来,进度超了几倍,数老胡那组最猛,最多一天拉了一百三十一车,得奖四块一毛四分,当月拿了一百零六块八毛奖金,成了大新闻。

结果被人告了。

省里很快下来一位大人物,处理告状的事。在镇上开完会,大人物坚持到工地上看看,路过我们队墙报,他饶有兴趣地站下看了几眼,问墙报谁办的。局长不好意思地回答,就是拿奖励最多那个组的组长,担心有什么不周全,特别强调了一句,他是局里的新长征突击手,是他运走了蛇口工程第一车土。

墙报是老胡办的没错。老胡多才多艺，会用口琴吹《浏阳河》，能写些人们称之为诗歌的长短句，关键写得一手好隶书，据说是读小学时老师用篾条硬逼着临《史晨碑》练出来的。那会儿老胡小，一边哭着揉红肿的巴掌，一边心里暗暗发誓长大以后一定要报仇。谁知长大后他靠这笔字在军队提了干，转业后靠干部身份当了车队副队长，这个仇也没法报了。每到周日，大伙儿轮休，老胡不休息，给队里办墙报。我乐不颠颠地跟在他身后，他用美美的隶书把党团员的决心书抄好，我一张张抹上糨糊往墙上贴，空出的边角难不住老胡，他嘴里念叨着写两首顺口溜，多一行少一行他能拿捏，插空处也不马虎，上回画了喜气洋洋的大红灯笼，这回换成蜿蜒的长城外加庐山劲松。有时候邹不三也来看一眼，憋着劲想评价，又不敢，不屑地吊吊嘴角仰头走开。老胡不受打击，退出几步，歪着脑袋看墙报，说，不错嘛。我用力点头，大声跟一句，相当不错！

局长让人从工地上把黑汗水流的老胡叫来，省里大人物摇着草帽驱赶成片的牛蚊子和老胡聊天，问一天拿四块一毛四分奖金是什么感觉，能不能继续突破，多拿点，一天一百五十车。老胡挺胸答，首长放心，发电机别停，灯挂上，干到夜里十点，一百八九也成，保证下个月完成第一爆任务！大人物高兴地点点头，又问了老胡几句诗歌的事，回头对局长说，这个人我要了。

省里大人物走后，老胡被叫到局里去谈了一次话，很快大伙儿就知道怎么回事了。中央刚开完会，下达了五十号文件，不光在蛇口拼刺刀，还要把战场扩大，在深圳、珠海和汕头试办出口特区。老胡被大人物看上了，要调去特区的大战场。大伙儿都说老胡撞上了好运，被人告了，结果不光自己没事，保下了批准搞奖励制度的局长和书记，还落了个提拔。他如今仍然留在队里的理由，是当面向大人物承诺了要完成工业区第一爆任务，只等第一爆结束，他就会背上行李，和人们大声打着招呼，钻进接他的吉普车，去某个窗明几净的办公室做一份中央亲自交给他的光荣工作。

我也被队长叫去谈了话。队长要我接替老胡，办队里的墙报，反正过去我给他打过下手，知道怎么画长城和红灯笼。队长特别叮嘱，从现在起，直到老胡离开，每天午饭多给他发一个酸菜包子，注意别挑褶子破掉的，免得人家说队里没有大局观。吃晚饭时，队长耳朵上夹着根纸烟踱到老胡身边，阴一句阳一句地说：莲伢子，苟富贵，无相忘，记得关照兄弟们哟。

"以后你再也不会穿白背心，解放鞋，戴草帽了。"队长走后，邹不三拿伤感的眼神斜看老胡，这一次他没有叫老胡大哥。

"老胡你买件的确良衬衣，裤腿缝熨得笔直，梳双分头。"我乐不滋滋说。

"还有，阳光晒脱皮的鼻子，要不了两三个月就会长出嫩肉。"

"还有，办公室里有位年轻女同事，高挑个儿，扎对小辫儿，每天往脸上搽雪花膏。"

我一边说一边拿一只眼瞅老胡，一旦他朝我伸出肌肉鼓胀的胳膊，我就撒丫子跑。

老胡没揍我，笑眯眯地往嘴里一勺一勺送炝炒白菜帮子。

我之所以提女同事，牵涉到老胡的婚事。老胡年龄不小了，在军队服役时，家里给定了门亲，对象是乡里小学的代课老师。老胡津贴从六块涨到十五块，舍不得花，攒着买手表、缝纫机、自行车和收音机，说好一提干就成家。谁知老胡提干命令刚下达，对象就跟一位乡中学的老师跑了。老胡铁打的汉子，刀枪杵脸不眨眼，为这事却生了场大病，人烧得嘴唇起干痂。男方所在单位跑到部队来搞外调，怂恿老胡告破坏军婚状，他们保证让那个中学老师蹲三年牢。老胡刚缓过劲来，一听就急了，从床上爬起来一个劲替对方说话，说这事做不得，好歹一门亲事，别毁了一个，再把那两个毁了！

老胡第二年就申请转业了，分到我们队，他想早点到地方上把婚姻解决了，可交通部门工程队到处跑，落不下脚，处里几个女同志也都成了家，难找的就是对象。局里有热心人替老胡介绍了几个，女方都嫌老胡不在机关，要谈上相当于背上个五湖四海的牵挂。我也替老胡着急，想到家里有个表妹，漂亮能干，性格又好，我就给表妹写信，老胡的情况详详细细写了三页纸，怂恿她嫁给老胡。表妹看了一页信就动心了，立刻挂号回信，信里夹着一张描了红脸蛋红嘴唇的照片，话就一句：哥，我听你的，紧跟华主席和胡莲生同志进行社会主义新长征！我乐不颠颠地拿着信找老胡，老胡那个意外啊，嘴都合不拢，信美滋滋贴在胸口，照片举在眼前看不够。看着看着眉头皱起来，盯着我脸问：

"你表妹多大？"

"虚岁十五。她个头高，一米七五。"

那天我很狼狈，屁股被老胡四十四码解放鞋狠狠踢了一脚，疼了一整天，收工后跟着大伙去海边搞伙食时还蹲不下来，委屈地半边身子趴在礁石上，看人家在水里撒着欢掰石蚝、拾香螺、捉红虎蟹、捞蜡螺虎。邹不三手里捧着条怨气冲天的鲆鱼踩着烂泥过来，找我要表妹的相片看。我屁股和自尊心双重受伤，不想理睬他。他纠缠了一会儿，见达不到目的，就埋怨我，知道大哥老婆被人抢了都护着抢劫犯，你让他打幼女的主意？我抢白他，有能耐你替老胡介绍啊。邹不三沉默了一会儿，一脸痛苦地转身，捧着吐着白沫的鲆鱼走了，我才醒悟过来，不该说能耐的话。邹不三的妈妈是寡妇，带着一双儿子嫁给他爸，以后又生下三个儿子，他头两个哥哥娶的也是未亡人，后两个哥哥一直没找到对象,他要有能力哥哥就不用愁了。可我不想给邹不三道歉,我决定晚上把表妹的照片给他看,只要别弄脏,他愿看多久都行。

谁知道,事情到了几天前出现了转机。那天快收工时,邹不三神秘兮兮地跑到技术组找我,说老胡搞到对象了。我不信,这儿地老天荒,他找鸟儿和鱼儿谈恋爱?邹不三不说什么,拉我去了山头,指着山下让我看。我搭个凉棚遮挡阳光,见山下路边停着老胡那辆黄河七吨自卸车,老胡和一个人站在滩涂上说着什么,离得远,看不大清楚是谁。

我俩弓着腰往山下摸。时值白露,半岛依然热得开锅,白天大伙儿都穿背心干活,一路上胳膊脖颈被恶毒的松针扎得直抽气,还得躲避匆匆碰脚的穿山甲,还得小心巨石上伫立着恶狠狠盯着我俩看的蛇雕。等摸下山,隔着三五十米湿地,我俩在一丛老鼠簕灌木后躲好,探头偷看。

老胡和那人站在一片野气十足的红海榄和白骨壤前,被绿荫荫的红树林映衬出一股仙气,几只红嘴红爪的黑头鹱好奇地在他俩身边飞起降落。那一位也能分辨了,是个蛇腰女子,十八九岁模样,小巧个头,头上戴顶客家凉笠,露一截又粗又黑的大辫子,凉笠下纱帘遮了脸,看不清长什么样。说蛇腰,是她上身穿了件短襟蓝衣,下身一条黑色高腰宽裆裤,所以能看出腰细来。

"喔哦,本地人吔。"邹不三夹着嗓门说。他说喔哦,有点学雄噪鹃。

"谁还看不出来，外地人不这么穿戴。"我从额头上抹下一只张牙舞爪的大刀螳，它正挥舞着一对螯想收割我的眉毛。

"他俩说什么？"邹不三伸长脖子，屁股快贴上我的脸了。

"是她说，没见老胡插不上嘴？"我倒希望不是这样，老胡应该给细腰女子读他写的诗歌，这样就是一件完美的事情了。

"咝——"邹不三抽了口凉气，感觉很痛苦，好像头盖骨下某根神经快要断掉了，"大哥离她太近，相当危险！"

"是她近，没见老胡退好几步，退无可退了？"我替老胡抱屈，又不是办墙报，要退后两步看，他应该大踏步前进，别糟蹋了机会，不然让我怎么跟他学？

不知出了什么事，凉笠女子说着说着停下来，背过身子抹开了眼泪，这样她就面对我们了，只是她低着头，我们还是看不清她的相貌，只能干着急，恨不能从灌木丛后面跳起来，跑过去掀起她的盖头。又见老胡尴尬地站了会儿，裤兜里掏出手绢，替人擦不是，不擦也不是，手绢团吧一下，塞进对方手里。

"完——完——完了，大哥也是，不嫌手绢脏！"

"你怎么不看事物的另一面？女人喜欢男人的汗味，辩证法会不？"

我俩够兴奋，以致挡住视线的白色老鼠簕花被我们来来回回推搡，掉落好几朵。见过当地人用老鼠簕花煲粥，说治牙疼，但显然它们不适合擦眼泪。

那天的晚餐是每周一次的红烧肉，盼了六天，可我和邹不三就像一对不要脸的小叔子，不计得失地打了饭，也不数饭盒里有几块肉，一边一个架着老胡把他拖到一旁，着急地打听细腰女子的事。老胡人不在状态，吞吞吐吐不想说，以后板了脸让我俩别胡打听。我俩事先商量好，不听他的，往死里纠缠，老胡最终熬不过，就说了。细腰女子姓盘，名妹乃，北部山区乳源瑶族自治县人，爹妈走得早，是孤儿，四个月前和弟弟在蛇口分了手，她来这儿找弟弟。

"不是孤儿吗，找什么弟弟？找弟弟怎么找到大哥了？"邹不三食不知味地填口饭进嘴里，口气有点自艾自怨，他这样心思不集中，当然可能顾此失彼，以致饭勺上一块红烧肉失身坠落到沙土里。他连忙心疼地去捡，饭盒没端稳，两片水煮南瓜像僵死的蝴蝶扑出饭盒。肉块捡起来回头能冲洗，南瓜扑上土没得救，邹不三恨恨地用力瞥了老胡一眼。

我乐得抽气，五爪紧扣饭盒，笑几声止住。想起两天前，天黑后四周山腰上有些暗火，渔港那边游动着数点烛光，队里老同志说是七月半，村民在坟头磕头祭祖，往海边放海灯。奇怪的是老胡，那天他鬼鬼祟祟，下班后晚饭没吃就匆匆离开了，天快亮才返回工棚。这么一想，我就觉得老胡和那位名叫盘妹乃的北部山区女子有故事。

"她弟弟怎么啦？干吗分手？说呀，急死人！说完教我怎么画长城和灯笼。"

我和邹不三平时口气不这样，主要是老胡要抛下我们去干大事了，我俩没人照照，邹不三气不顺，我是没了主心骨，还犯愁，小楷我练过一阵，诗歌完全不懂，长城和灯笼要画不好，画成倒地的梯子和长胡子的鸡蛋怎么办？

可是，无论我和邹不三怎么问，老胡不再吐露一个字，好像下定决心要保守某个不能透露的秘密，石化似的扭头看黑漆漆的海湾，那个神色不像他，怪极了。我朝老胡视线方向看了一眼，和蛇口这边黑灯瞎火不同，海湾对面的元朗灯火耀眼。我心里想，陈百强就在那片灯火中吧？我刚偷偷学会他的《眼泪为你流》，特别喜欢"眼泪在心里流，请你开一开口，随便一声或随便一句，算是问候朋友"，可我不敢唱，怕人告状影响实习期转正。我隐约觉得，老胡的沉默和弟弟有关，但说不清是他夭折的弟弟、盘姑娘失踪的弟弟，还是邹不三这个以后照顾不到的兄弟。

日子紧锣密鼓，白露一过，虎崖山竖井工程顺利完工，爆破公司来验收作业，根据采作核算炸药耗量，第一爆日子也公布了，向共和国三十周年献礼。任务到了突击阶段，大伙儿突然有了一种兴奋劲儿，认定这一爆兴许真和水深火热中的全世界人民有关。那几天工地上真的挑灯夜战了，国庆节也没放假，连我们技术组都上去了，大伙儿按爆破公司开的单子，屏着呼吸，把三十吨黄色炸药一箱箱填进几十个竖井下的炸药室里。那几天我天天跟着爆破公司的工程师跑，收获特别大，学了好些抵抗线原理、爆破漏斗公式、标准抛掷爆破计算方法什么的。

让人意外的是，拉走虎崖山第一车土、创下最高土石方采拉纪录、在大人物面前拍着胸脯提出挂灯夜战的老胡，那些天却表现蹊跷。他的组效率一落千丈，从排头落到队尾，有人看见他把车抛在半道上，人却没了影，也不知去哪儿了。等往工地上拉炸药时，他索性请了假，理由是工程大头朝下，拉炸药不像拉土石方，车撑车，要一辆一辆拉开距离，多半时间得等在半道上，他有急事要办，缺他一个不少。照说，作为车队副队长，他这样撂挑子，弄个批判也够了，可几天后他就要调去深圳高就，队长不想得罪省里大人物，不如送个顺水人情，老胡向他请假，他说嗯嗯知道了。

只有我和邹不三心里清楚，老胡请假和盘妹乃有关。我俩没对任何人说，抽空跑去找老胡问情况。老胡烦我俩，脸色不大好，吩咐我俩好好干，别给家乡丢脸，然后去食堂里揣了几个冷馒头就走了。老胡走后，邹不三有些不高兴，和我分析，孤儿不孤儿的，完全是托词，大哥肯定对盘妹乃动了心，去纠缠盘妹乃了。

"你想想那是什么场合，晃晃悠悠的大海，不讲秩序的红树林，一对孤男寡女淹没在其中，什么野蛮力量不被唤发出来？"邹不三像是害心碎病，整张脸都扭曲着，让人感觉他是全世界最痛苦的人，"你回忆一下，记得盘妹乃那条大辫子吗？"

"挺抢眼的，怎么啦？"

"留着抢眼的大辫子，说明姑娘没成家。"

"没成家又怎么啦？"

"你蠢！她和大哥贴那么近，还对大哥抹眼泪，要没特别关系，眼泪能随便抹？说不定他俩已经私订终身了！"

我想想也对，盘姑娘的大辫子给人很亲切的感觉，要说和我表妹有一比，但肯定强过整天抹雪花膏的办公室女同事。这么一想，我挺高兴，头一回没和邹不三争。

说话间到了十月四日，蛇口工业区第一爆的大日子。爆破时间定在上午九点，公安和边防团都出动了，现场清场，方圆几里地拉上警戒线，海陆空航道管制。头一晚我兴奋得没睡，天不亮就爬起来，洗了三遍脸，刷了三次牙，我有件崭新的夹克工装，一直没舍得穿，那天穿上了。那几天基本上见不着老胡人影，四号那天也一样，没看见老胡，吃过早饭我拉上邹不三，跑到警戒线外等着看第一爆。八点整，第一次警报拉响，我激动得要命，心想，炸完我别等尘土落尽，飞跑着回工棚给父母写信，向他们汇报我的光荣成长经历。

八点十几分的时候，几朵乌云飘过来，像是要下雨的样子。队长着急，担心雨下来炸药出问题，伸手哆嗦着去口袋里掏纸烟，连烟盒一块带出一张纸条。队长看一眼纸条，脸色唰地白了，叫声不好，胡莲生在警戒线里！人们一下子就炸了，有往山脚下冲的，有去给指挥部报信的。我和邹不三下意识对视一眼，拔腿往滩涂跑，没跑几步就被保卫组的人给拦下了。

半小时以后传来消息，老胡找到了，人的确在滩涂上，但不在警戒线里，和警戒线还隔着几步，只是，不光有老胡，还有一位年轻女子。俩人一身一脸的泥，人不人鬼不鬼地往滩涂下刨着，边防团去了几个兵，要带他俩离开，俩人不走，也不说话，拼了死命往烂泥下挖，边防团的兵不耐烦，抱住摔在泥水里，硬把人绑了带离现场。

我和邹不三，我俩知道那个年轻女子是谁。

九点整，大地震了一下，然后连续剧烈地震动起来。邹不三像是被抽了筋，一屁股坐到地上。我抓住队长的胳膊，感到头晕目眩，突然有些失重，人像是要飘起来。只见寂静的虎崖山活像一头猛然醒来的巨兽，腾身站起，掀起数道粗大的土石柱，土石柱快速上升，分出不同颜色，有白色、淡绿色、青灰色、粉色、红色和褐色，土石柱四周溅开大朵浪花，把巨兽高高推举到天空中，好像巨兽个头太高，得不断往起站，要站直了没个止境。

我身子发抖，扑通坐在邹不三身边，扭头求助地看他。邹不三像是才喘过来，长长出了口气，用力咳了几声，脸上有一种古怪的愤怒表情。

"妈……的……"队长在我俩身后自言自语。

当天下午,我和邹不三找到了老胡。局里保卫干事把他从边防团领回来,他刚在局里谈完话,一身泥痂,左上颌划破一块皮,胳膊上有块醒目的新鲜伤口,皮肉都烂了,用他那块脏兮兮的手绢扎着,手绢上全是血迹。我们问老胡怎么回事。老胡不回答,脸色铁青,扒拉开我俩,进工棚里脱了上衣,抹了一把脸上的泥,扭头巡睃一下四周,上衣丢在床上,人出了工棚,大步往滩涂方向走。我去拦他。他抡圆胳膊直接把我摔在地上。我从地上爬起来,撵上去,不敢再问什么,和邹不三陪着他走。他迈一步我们迈两步,这样一路踉踉跄跄来到海边,他在一块山上崩下的石头上坐下,我俩在他身边站了一会儿,也坐下。

爆炸过去七八个小时了,天上的尘霾还没散尽,空气中有股令人窒息的粉尘味。四周很安静,有些自然的声音传来:风声,潮水声,鸟翅划过芦叶声。老胡不看我们,过了好一会儿,他开了口:

"你们记不记得,我们来镇上那天,卸行李时,打前站的蔡工说了一嘴,说五月初,宝安有十万人抢关偷渡。"

"是五月六日。蔡工说,那几天海湾里密密麻麻漂的全是死尸。"邹不三紧张地清了清喉咙。

"吓唬谁?那是外国电影,局里说了不让信谣。"我说,想到那个场面,不禁打了个寒战。

老胡沉默了一会儿,然后说了盘妹乃的事。

春节前,盘妹乃寨子里的支书和民兵连长在县里开会,听说省里要开放边境,放一百万人去香港,俩人会也不开了,跑到广州考察,见上千人聚集在火车站吵闹,才知道是谣言。支书和民兵连长商量,山里穷,吃不饱饭,自然灾害那一年,宝安边境放了几天闸口,几十万人跑过去了,县里有人搭上了那一趟,第二年就往家里寄了粮食,俩人就决定,一不做二不休,逃。从旁人那儿打听到偷渡路线,俩人在南沙买了船,正经船买不起,见岸边有条人家废弃不用的破船,说好给一千二百斤油粘米,拜托船家帮忙修补一下。返回寨子后,支书召集寨里的干部夜里开秘密会,话一出口,大伙都想走,于是凑足船资,派人挑米去南沙交付。谁知,事情一传十十传百,寨子里人都知道了,牵儿扶女上门央告跟着走。支书拦不住,在亲戚中挑了三十个,加上队里的干部,这就满载了,答应到香港安顿下来,回头接家眷时,想去的都去。

本来事情跟盘妹乃姐弟俩没有关系,不是挑亲戚吗,大队会计是盘妹乃姨父,姨父寻思姐弟俩父母走得早,两个孩子打小苦命,好容易熬到大,寨子里倒是有不少青年巴心巴肝等着娶盘妹乃,可盘妹乃丢不下弟弟,死活要把弟弟守到成家才肯嫁人。姨父就求支书带上姐弟俩。支书一想也是,那妹子心硬,谁对她唱情歌她也不开金口,寒酸的竹楼前堆满了彩礼她也没弯腰拾起过一样。支书一咬牙,同意了,吩咐路上不能吃别人的食物,要姐弟俩把家中能吃的都煮成竹筒饭,用化肥袋背上。

离开寨子那天是三月三,寨子里的人早早起来给他们饯行,喝完苦爽酒吃过瑶山熏肉炒石韭,一寨子人送出十几里地,说等着他们胜利喜讯。一行三十七口,为了省钱,也担心路上被查,支书没敢坐车,带人东躲西藏走了二十天,硬是徒步走到南沙。取船时,人家一看老少风尘仆仆来了这么多,一条龙骨朽掉的破船哪里载得动,劝他们留几个下来。支书眼睛在众人身上睃,睃到谁谁眼泪噗嗒滚下来,支书下不了决心,跺一脚,咬第二次牙,说都上船吧,要死死一块儿。

船沿虎门水道出海,进入伶仃洋。山里人驾驭不住海,有点浪头就赶紧靠岸,到岸边趴着呕吐,这样又颠簸了十天,带的干粮吃光了,船也经不住折腾开始漏水,支书心里打鼓,决定弃船,带人在西湾上了岸。以后几天昼伏夜行,躲过边境哨卡,终于潜入蛇口,本想躲在荒岭中休养几天,找点吃的,蓄点力气,再找渡海工具,谁知就赶上五月六日。

五月六日那天,附近几个县差不多十万人拥进宝安,两个边防哨所眨眼间被黑压压的人群吞噬掉。支书气还没喘匀,听到山下乱糟糟一片,从躲藏处溜下山打听情况,见正在田里插秧的农民纷纷丢下秧苗,脚上泥都没洗,带着家人往渔港跑。支书问怎么回事,人家冲他喊,大放河口啦，还不赶紧跑！支书慌里慌张回到荒岭上，叫上人往海边跑。到海边一看，海湾里那个船哪，成群结队，海面上密密麻麻，全是捆着车胎抱着油桶的泅渡人。支书后悔没把破船卸掉，每人带块船板，那会儿也顾不上别的，吩咐能泅水的赶紧下水，不能泅水的留下，跟会计和妇女主任去村里找渡海工具。吩咐完，自己和民兵队长一人抓了一个身子骨单薄的亲戚下了海。

盘家姐弟在南水水库边长大，会水。姐姐本想跟着姨父去找泅渡工具，那样保险。弟弟担心没机会了，坚持下海，说姐你放心，我用绳子拴着你，你游不动我带你游。俩人被呼儿叫女的人们推着搡着，慌不迭地下了海，游了半小时，力气耗光了。眼见有船从身边驶过，有车胎和油桶从身边浮过，姐弟俩呼救，船一艘没停，人一个没理，白浪翻腾都去了前面。朗天白日下，弟弟泄了气，盯着天上的云彩说，姐，太远了，我游不过去。姐姐呛着海水说，我们不去了，我们游回去。弟弟说，姐，我饿。姐姐说，好兄弟，别松手……

盘妹乃灌了一肚子海水，被潮水冲回蛇口，人没苏醒就被民兵抓住，和成千上万偷渡者一起关进收容站。几天后，在遣送回县的路上，她跳车逃跑，和她一块儿跳车的两个妇女，一个摔折了腿，一个摔碎了脑袋。盘妹乃试图返回海湾，那会儿冲垮的防哨卡已经恢复了边境管理，她被抓住两次，逃了两次，直到八月底才冒死潜入蛇口。她在海边的盐地鼠尾粟灌木丛中寻找弟弟，蹚进海水去一棵棵秋茄、海漆、海桑、木榄、角果木下找弟弟，找到哪儿，累了就找块干燥的地方睡一会儿，怕被抓住，不敢去镇上找吃的，随便在滩涂上捉点虾蟹果腹。她的确找到一些腐烂的尸骨，但不是弟弟。她把它们拖上岸，去山脚下摘来几抱桫椤叶，把它们盖上，黄昏时她偷偷溜进镇里，请一位卖钵仔糕的本地大嫂给政府捎个话，请政府把那些遗骸掩埋了。大嫂告诉她，五月六日以后几天，潮水冲上岸的尸首太多，派出所规定，埋一具可以领十五块钱安葬费，当地一下子出现了两百多个拉尸佬，时间过去三个月，恐怕现在没人再干这个活了。盘妹乃一听，扑通给大嫂跪下了，央求大嫂指个路，别让那些尸骨在异乡受凉。大嫂同情她，找来一身衣裳让她换上，把她带去见了一位大叔。大放河口那天，大叔十一个亲人下了水，第二天他去海边捞尸，捞出四个亲人，其他亲人没见着影子。那天大叔领到七百五十块埋尸费，差不多是五年的工分收入，其他四十六具尸首，他一个也不认识。

"盘妹乃说，最后时刻，弟弟解下拴在胳膊上的绳索，给她留了条生路，她得回来找到他，带他回家。"黑影中，老胡口气里有一种吓人的平静，"中元节那天，我在路上遇见她，她因为饥饿晕倒在车道上。我送她去卫生处，路上她醒了，以为我要送她去边防站，发疯似的往车下跳，我才知道她是越境进来的。她说家里米不多，路上她和弟弟一直没敢吃饱,早知道,她会背一篓山芋上路,怎么也不至于饿那一个月,那样就有力气游过海湾了。我给她弄了点吃的,然后帮她去海边找弟弟,断断续续二十天,该找的地方都找了,就剩往滩涂下挖了。今天早上我本来说服了她,带她出了警戒线,可她突然往回冲,说山要崩下来弟弟会被埋进去,那就再也找不到人了。我把她死死抱住,不让她进入警戒线,她狠狠咬了我……"

那天晚上处里打牙祭,开庆功会,发奖状,有些人胸前会戴上大红花。那天晚上我们没有回镇上吃饭,我们在海边坐到大半夜,先是老胡讲啊讲啊,然后不讲了。我和邹不三没讲,陪着他,就觉得肺里灌得满满的,全是硝硫味道的泥土,没有胃口。还有,我和邹不三,我俩中间有一位,在黑夜里用力憋着嗓门哭泣,快咽气的哭坟似的,另外两个人都听到了。

老胡第二天一大早就走了,是悄悄走的。我醒来后跑去他工棚找他,他床铺空着,行李不见了,留了本崭新的《墙报板报图案设计》给我,那上面有好几种灯笼和长城的图案。听队长说,老胡不是去特区报到,是去边防部门接受调查。我哭丧着脸问队长,老胡会怎么样?队长有点后悔,说昨天就不该去捉人,胡莲生和那个女的挖泥的地方昨天也没炸着,可警一报,人一捉,女方身份查清了——偷渡累犯,肯定会判,老胡牵涉到这种事情里,特区的工作肯定泡汤了,背不背处分得看局里的态度。队长那天有点不对劲,非常恼火,嚷嚷着非查清楚谁往他口袋里塞了那张纸条,发誓要把那小子揪出来揍一顿。

对了,还有一件事,老胡去边防团接受调查那天是中秋节,我第一次办墙报,有点吃力。不过,我自作主张,没有画长城和灯笼,而是用一整盒粉笔,画了个炸成粉柱的虎崖山。诗我不会写,我找黄工问了两句古人的诗,用小楷工工整整抄上:"此夜中秋月,清光十万家。"大家都说虎崖山画得好,诗倒没人评价。

说起来,事情过去了四十二年,如今我已经办了退休,从蛇口招商集团地产总部副总工程师位置上退下来。三十六年前,我在蛇口安了家,妻子是本地客家人,家人大多在香港,大伙儿都知道他们是怎么去那里的。幸亏那会儿妻子年龄小,家人没带上她,她留下来陪爷爷奶奶,几年后做了我妻子。我在蛇口有两套房子,一套我和妻子住,一套空着,香港的亲戚们回来时住,他们当中多数还是愿意省下酒店费用。我女儿港大毕业后留在圣玛加利女书院教书,以后她有了女儿,要我给外孙女取个小名,也不知怎么想的,我给女儿说,就叫乃妹吧。

现在我知道蛇口工业区的意义了,它的确是一项了不起的工程,它让这个世界变得不一样了,它改变了很多人的命运。而我年轻时为它奉献了青春,我的命运也改变了,这一切都是我努力创造得来的。我和老伴现在也没什么事,有时候我俩会去海边散步,看看她沧海桑田的家乡、我曾经战斗过的神蛇半岛,如今它是漂亮气派的现代化港口,站在五湾海边,往东是颜色不再湛蓝的海湾,往南是太子湾邮轮母港,能看到客轮一艘一艘驶出码头,去更南边的香港国际机场或者澳门氹仔码头,眼前的蛇口港前些年已废弃不用,留给了湾区游艇会,隔着它向北,能看到女娲公园和海上世界,那里是新深圳人爱去的一个去处。

邹不三也过了退休年纪,他在旧金山经营一家移民公司,替钱多心不踏实的人办理移民,因为业务量大,想退休退不下来。他偶尔回国办事,路过深圳时会给我打电话,念叨客家菜,我就请他来家里吃饭。他酒量不大,挑牌子,一边喝着一边给我和老伴说些他那些隐秘客户难办的事,Adjustment of Status 或者 Child of Illegitimate Dirth 什么的,喝多了他就换话题,一把鼻涕一把泪,抱怨他第四位妻子如何贪他的财富。不过,他怵老队长,说什么也不愿见。老队长都八十好几的人了,有什么好怕的?

老胡?他还在,在某个我不便透露地址的地方。我俩不常见面,他不愿见。老胡快七十了,一直没成家,收养了好几个孩子,有两个挺有出息,有了自己的家庭。有一次,只有一次,我给老胡打电话,电话拨通了,我说老胡,是我,你别挂电话,我也没什么事,你也可以不说话,就听我给你唱首歌。我那么说,就唱了,结果歌没唱完,他在那头把电话挂了。不过,我给他唱的歌,他不是全没听到,有两句,他肯定听到了:

大哥大哥你好吗,
多年以后是不是有了一个你不想离开的家;
……

2020年5月6日
于深圳听山轩

离开中英街需要注意什么

我想起中英街早年的事情,那条清亮的滘水河,还有那些大翅膀的鹭鹚,它们有时候会纠缠不休,但终究鸟归鸟,河归河,各有归宿。

人年轻的时候总会冒点傻气,挨几下捶,我挺高兴经历过这一切,我得维护它,不能让它在我还活着的时候死去。

早三十年，中英街可不是现在这个样子。嗯，更早些时候，大约两百年前，梧桐山脚下流淌着清冽冽的滘水河，河两岸一年两造，生长着由青及黄的南方矮禾稻谷，一些风逸而神气的白鹭鹚黑鹭鹚抻展开阔大的翅膀从山腰间滑翔而下，落在河边，碎步跑动着追喙鱼虾，那是一道让人舒心的自然风景。一八九八年，清国和英国签署了《展拓香港界址专条》，滘水河做了分界线，河北是清国人祖上留下的地盘，因"日出沙头，月悬海角"得名的沙头角，河南则变成了英国人新租借的土地。一开始，南岸的人们不干，两岸本是一家人，阿太阿叔住河这边，赖里妹里住河那头，河水在自家土地上流淌，怎么就拿来做了界河，生生分割出两家？于是反抗，结果被英国皇家步兵操着李·恩菲尔德步枪一顿狂射，镇压了。滘水河目睹惨案，生了气，像是有意为之，不久就丢下界址改道去了北边，不在中间阻拦，让签下界址条约的双边官家尴尬。两岸的人们不管界址的事，他们在逐渐干涸的旧河道上踩出一条土路，管它叫鹭鹚径，在鹭鹚径上搭建起油毡棚，住下来，使用只有当地人才能分辨的围头话、客家话和汀角话拉家常，和仙女般和美的鹭鹚为伴。再以后，油毡棚换成洋灰房，鹭鹚路慢慢变成一条街，街后几家作坊，造陶瓷、砖瓦、农具、香粉和凉果，人们把劳动收获的稻米、鱼虾、禽畜、蔬果和土布拿到街上出售。到了二十世纪三十年代，属于新界人的赖里妹里在界碑南边开起店铺，向尚处闭关锁国的界北阿太阿叔卖些洋货，再收些北边的土特产去港岛和九龙卖，鹭鹚路改名中英街。

我就是在这条街上找到了我的人生。

1983年中英街开街，吃免税饭的水客佬纷纷拥向这里。你想想，隔一道关口，商品差价百分之六十，那是什么赚法？等于捡钱。早三十年，我在这条街上混，多年后回想往事，仍然心潮澎湃，那时候的中英街生机勃勃，它是我的梦想之地！

之所以提起这件事情，是我以为早已忘记了。我如今已奔耳顺之年，那会儿二十郎当，什么梦没做过，什么苦没吃过，一腔热血里蹦跶着一颗雄心，没人拦得住。现在？梦早醒了。人不能一辈子好运气，我早想通了。我现在和侄子经营着一家建材店，他大学毕业没找着工作，我阿哥七九年逃港后一直没音信，不知生死，我得替阿哥当阿爸，养他老婆和一双儿女，你说对吧？

哦，扯远了，说主题吧。今天早上，我接到一位年轻人的电话，对方问我是不是周锦堂先生。我是叫这个名字，打小起没有改过。对方说他叫班森，B-e-n-s-o-n，那是他的名字。我当然没听说过这个名字。他说了他是谁的儿子。我是毛更新的儿子，叫班森的年轻人在电话那头说。有一阵我没有说话，脑子里一片空白，但很快回过神来。我说，哦。我说了哦以后又沉默了。叫班森的年轻人告诉我，他父亲半个月前去世了，胰腺癌，他是父亲唯一的孩子，和母亲从欧洲赶回来处理后事，计划明天返回欧洲，昨天打包父亲遗物时，发现了一件和我有关的旧物，他觉得这件东西很重要，但他从小不在父亲身边长大，不了解父亲的社会关系，他通过政府有关部门找到了我的联系方式。现在的城市靠智能管理，要找到谁很容易。叫班森的年轻人说，他想和我谈谈，希望我能见他一面。

这就是我突然想起当年那些事情的原因。

收起电话后，我问侄儿，班森是什么意思？侄儿在店铺门口帮客户往车上装货，怀里抱着一捆多芯线，眼仁轱辘了两下，说，好像是，有父亲的性格吧。我说，哦。我说完哦以后就想，侄儿和叫班森的年轻人，他们都没了阿爸，这件事情，它是怎么发生的？

那年我刚到中英街时，街上只有几十家铺子，卖些内地不多见的日用品、化工面料、电子产品和金器。一开始我替老狐带货，主要是录音机和手表。老狐姓胡，新界的水客头，做内地收购商的生意，人们管他叫老狐，就像我姓周，人们管我叫阿粥。说起来，我和老狐算远房亲戚，我们两家都是博罗杨村华侨农场的归国华侨。老狐的阿爸是印度尼西亚大学教授，回国后落了个右派成分，家里子女多，老狐在家不受待见，十几岁跟人逃到香港，揾了几年工，拿到香港身份，中英街开埠后，他在街上做港行转陆水，组织人从新界带货过关。老狐手下有几十个带货蚂蚁，多数是做兼职的打工仔，也有几个深户，挣点辛苦的水钱养家糊口。我一直跟着老狐干，他很照顾我。

一开始我办的是蓝证，一次性出入，带货免税额三千。钱难赚，我吃过亏，说好每手货给三十港币，一般只能拿到十块二十块，不够交房租和饭钱的，有两次一毛钱没拿到，还挨了揍。这样干了半年，我给老狐说，我们是同乡，你不能这样对待我。老狐说，同乡只屎尿，批斗我阿爸最狠嘅就系同乡，外乡人冇批斗过我阿爸，冇把我阿妈打残，冇逼我老姐投河。我据理力争，我姨丈公是你舅公，我怎么舍得批斗你舅公的外甥女婿？再讲，我那会儿没出生，你老姐投河我不知道，知道我一定跳下河去捞她。老狐气呼呼看我一会儿，递颗槟榔给我说，好好跟定我，莫教手乱踹，以后不让你折本。

不是吹，带货这一行我有天分。我不是雏子，不会紧张兮兮蹲在入街广场上等着提货，那很容易被巡街差佬看出来。有时候，我会晃晃悠悠走过大榕树，闪进后街，靠在石墙上看打着哈欠的慵懒妇人倚在自家门口饲婴儿乳；有时候，我会踱进熟悉的店铺，和帮工的大陆妹说说笑笑，打情骂俏。干我们这行的拿货有规矩，流水人肉进街前先要拍照编号，按人头提货，出关后有人拿着照片验货。我是老狐的亲戚，不用谁验。我会观察当天是哪几个差佬查关，不会在同一班人值差的点进出。要是我没得失心疯，朝差佬脸上吐槟榔水，一定没人拦我。那两年我特别顺，通过率高，老狐看我能干，花了点钱给我办下沙头角长居和多次往返黄证。我有了身份，虽说一次只能带五百块货，进街次数多了，抽头也就多了。我那会儿混得不错，不到五年就帮阿爸把家里的新房子盖下了。我还开始追妹子。她叫观水秀，增城人，模样儿俊俏，在沙头角帮她姐夫守服装摊。我答应赚很多钱，然后娶她，我们一起过好日子。她有点扭捏，不说嫁不嫁给我的话，但我确定她迟早会答应，我有把握。我说过，老狐他对我不错。

大概二十世纪八十年代末，有一次，老狐被人装进蛇皮袋，拉到八仙岭上揍了一顿，用鸭嘴钳下掉两颗门牙，流了很多血。打过破伤风针，牙镶好以后，老狐不再做录音机和手表，改做金。我听说这件事是一个有大背景的水客佬干的。我没敢问。我还跟着老狐，升格做了他的贴身马仔，替他管理人肉。我当然不能说我的运气和老狐门牙被人钳掉有什么关系，但情况就是这样。我管人肉，不光能抽水头，还能隔三岔五替自己带点小货。老狐他知道，睁只眼闭只眼,要不他能怎么样?他做金子最鼎盛时期,我每天组织人一趟趟带几公斤货出关,他后来的发达有我很大功劳。当然,我也走过麦城,没少挨揍,还被人敲断两根手指,但我能吃苦,人缘也好,从不欺负人肉,遇到同行有麻烦,能照顾的都会照顾,这是水客间的默契。走麦城那次,我防着前胸没防住后背,被港警抓住,那些阿Sir偶尔也查水客,我货被扣下,交了五百元保释金,三个月后到粉岭出庭,再交三百元开庭费,判罚三千,一个月白干了,比敲断手指还让我心疼。

我交罚单那会儿,内地第一家外汇交易中心刚成立,第一座核电站在大亚湾正式运行,互联网刚刚建局,大家都生活在欣欣向荣的改革春风里,万众都在往好里奔,我给自己鼓劲,没关系,风中去的水上来,我不会比别人差。

以后毛更新就来了。

有一天,我蹲在观水秀服装摊前,手里端着塑料杯,杯里盛着刚买的咖喱鱼蛋,一边吃着鱼蛋一边和观水秀聊天,老狐把一个瘦瘦的年轻人领过来,说阿粥,呢个系毛更新,技校生,都系杨村镇嘅,你带上佢一齐做。那是我第一次见到毛更新,他约莫比我小两三岁,相貌清秀,梳着哥哥的二分头,用了啫喱定型,穿一件水版港衫,一双带绊凉鞋,看上去风华正茂,只是有点显腼腆。他假装镇定自若,手插在口袋里,伸一只脚出来,但他脚换得厉害,还不断地扭头干咳,听得出嗓子眼里没痰,我就知道他很紧张。我问他,毛更新,你是技校生,为什么不在家里吃公差饭?他一梗脖子,操一口杨桃腔的粤普说,我不想一世没前途。我嘻嘻笑着问他,你指的前途是什么?他眸子斜到一边,用眼白罩住我,眼白和他脸色不相上下,总之很有文化的样子。他说,老狐说了你们的情况,先申明,我和拿不到提成的那些人无共样,我立志做商人,少一分钱也不干。我被鱼蛋噎住嗓子眼,喘过气来后哈哈大笑,笑得手中杯子里的鱼蛋抖落掉两只。我止住笑,朝地上的鱼蛋可惜地看一眼,站起来,牙签穿了塑料杯里最后一只鱼蛋,送进观水秀嘴里,鼻孔里哼了一声。毛更新听出我在嘲讽他,没受打击,反过来问我,子贡知道啰,孔夫子个大弟子,他就是大商人,不是他出资,孔夫子不会搭着风周游列国。他这样说,我就不高兴了。孔夫子我知道,三千弟子,比老粥的马仔多出百倍,但我不喜欢新来的人教育我,而且当着观水秀的面。我把塑料杯和牙签往排水沟里一丢,说,切,饿狗想飞鸟,还商人哩,你先把博罗普通话改掉,改成广普也行,改成客普也行,要就干脆说香港白话,说好了再说子贡的事。毛更新愣了一下,不明白地问,为什么不能说博罗普通话?我说,你说博罗普通话,差佬一听就知道你从山里来,就会盯上你,你拿什么周游列国?毛更新被我说蒙了,问,那,怎么改?我拉长声调教训他,博罗话哩,声母带喉塞音,有大量清边擦音"ɬ"声母,央元音"ɨ"作单韵母、复韵母或韵尾的字多,这些，广普和客普都没有，抵得啰？我说完，得意地朝观水秀飞了个媚眼。毛更新张着嘴瞪着我，半天没吭声。现在看出来了，他不光眼和脸白，牙也白，肯定是仔细刷牙的人。我没告诉爱清洁的他，初中毕业后，我不想种柑橘，在农场小学代过几天课，不光官普话说得好，还啃了几本中小学语言教材，我得教孩子呀。

后来和毛更新熟悉了，我才知道，他早先的理想不是做商人，而是当医生。他家和我家一样，从新加坡回来，不同的是，我阿爸是工程师，他阿爸是医生。他受阿爸影响，从小崇拜葛洪，就是在我们罗浮山建道场那位岭南道教开山鼻祖，但他不崇拜炼丹的化学家和写《抱朴子》的哲学家葛洪，而是崇拜写下《肘后备急方》的医学家葛洪。毛更新认真研读过葛洪的《肘后备急方》，书都被他翻烂了。用他的话说，葛太老是世上最早治疗天花和恙虫病的神医，对肺痨的治疗心得比外国人早一千年，他想做葛太老那样的人。可惜他学习成绩不景气，只考上惠州卫生学校，读了两年护理专业，毕业后分回罗浮山乡村卫生站，离葛老爷子的道场倒是不远，却离医学家的理想十万八千里，于是他毅然改变梦想，脱下乡村卫生站的白大褂，跑到沙头角来了。

看得出来，毛更新是那种不达目的不罢休的人，自他出伙后，他就一天到晚给我讲商人的故事。有一天，观水秀一大早在海鲜档买了蛏子送来，我淘米煮饭洗蛏子，毛更新脚尖贴脚跟过来，不说搭一把手，缠着问我知不知道战国时期的大商人吕不韦，秦公子异人落魄赵国，吕不韦把异人当买卖做，资助他回国做了秦庄襄王，自己官拜相国，又帮助秦王兼并六国，统一大业，还主持编纂了《吕氏春秋》，比我教小学生清边擦和央元音强百倍。为了证明"ł"和"ɨ"对商人不算什么，他专门举例，说商人德才兼备，在秦汉之前是国人的典范，所以《史记》专门有一卷《货殖列传》，就是用来歌颂商人的。

老实说，毛更新这个人挺清新，没有油滑气，让人喜欢，但我却不待见他的执拗。我知道他想说服我接受他的观点，可我一点也不想当《货殖列传》里的人，看上去他们的确了不起，可下场都不怎么好。我只想赚够钱，带着观水秀回杨村镇光宗耀祖，过一番人间好日子。我的朴素愿望被毛更新拿着理想的锄头一下一下猛敲，脑门那块尖锐地膨胀着，特别疼。事情过后再一想，要说乡音乡情，葛洪是半个博罗人，钟楚红也是博罗老乡，每次出关交完货，我就拉着观水秀找家录像厅看《胡越的故事》和《鬼新娘》，观水秀看周润发和蔡枫华，我看钟楚红。我从没想过从祖先那里学点什么，我就想见见同辈的红姑。我是说，近距离见，最好能说两句话，那就是我的梦想。

好在，除了在商人理想上的纠结，毛更新没有别的毛病，他讲他的故事，我只当他书生意气，不和他一般见识。那天吃饭时，观水秀筷子头咬在牙齿间，哧哧笑着看毛更新,看一会儿咬着我耳朵小声说,她有个守服装摊的小姊妹,想和毛更新睡,问我能不能帮忙。这事我知道,不光守服装摊的,沙头角吃走水饭的女人都喜欢毛更新,他在街头一出现,一堆鲜眉亮眼的妇女都会贴过来,变着法子调戏他。我就把观水秀姊妹的愿望告诉毛更新,问他行不行。毛更新脸红成虾干,眼睛瞪得比驼鹿眼还大,嘴角挂着半拉油汪汪的蚝子壳,一副受到侮辱的样子。我哈哈大笑。观水秀也笑,腰肢撑不住地往我身上挂。这事有过一以后,毛更新就好多了,能接住了,全亏我在一旁指点,这是后话。

可以说,毛更新刚来那段日子对我刺激特别大,他打开了我的眼界,让我为自己的目光短浅羞愧,经过这家伙一点一点的灌输,我心里有些东西开始发芽。为了像毛更新那样立志,我忍痛舍弃红姑,转而追《大时代》和《笑看风云》,这些打打杀杀玩腹黑的故事里才有我需要学习的东西。从那以后我养成了看书的习惯。其实不是书,是杂志。那会儿地摊杂志特别多,也没个正经刊号,印得很粗糙,取个惊世骇俗的标题,一本能卖到五块八块,花了我不少钱。

毛更新第一次带货是我领着他做的。那天早上,我给他和另几个新来的人肉做培训,交代离开中英街时需要注意的事项:如果被查到,咬死货自用,求放行;海关要是不放,千万别犟嘴,按退港、补税、扣货依次选项,宁愿打单扣货也绝不认罚单，不能让通行证被刷，要是一年开出三次绿白单，这行就别干了。

交代完，我把人带进街里，让他们等着，我去店里探货。老狐已经在那儿了，和人在后铺饮茶说话。等店里的伙计收拾好货，打好小票，我把人一个个叫进来，按人头提货，每人二三十块港币连同小票塞进手心，告诉他们货是什么，抽检时怎么说。轮到毛更新，他很紧张，不停地扭过头去清嗓子。我犹豫了一下，收了金子，让他等着，去一旁铺子里买了五百块钱的橄榄油和化妆品，打好包扛过来。老狐在后面看见了，骂了句，会算唔会除，偷米较番薯，但也没管我。

我把货交给毛更新，告诉他货没有危险，让他记住我教的，放心出关，我会送他出关。我带了几客金，指点毛更新跟在几个扛着大包小包的东北游客身后，利用他们做掩护，我则和毛更新隔着三五个游客，跟在他后面去关口排队。

那天游客不多，队伍只排了半条街，不到两小时就轮到我们了。毛更新跟在那几个扛大包的东北客后面，本来很安全，快到他时，一个老伯突然觍着脸插到毛更新前面，哪知道就被查出带了违禁品。海关人累极了，骂老伯，鬼打里，一把年纪不嫌驼衰人，三代乌鸡唔走种，懒得说你，还笑，再笑开你罚单，货主打死你。老伯追着扣走的货求情，亮出后面的毛更新。毛更新吓坏了，站在那儿瑟瑟发缩。海关人看他一眼，二话没说，收走了他的通行证，让他哪儿拿的货退回哪儿去。

我挤过去，拉着毛更新退回街里，告诉他，人家根本没查他货，看他眼神不对，诈一下，他只消理直气壮回一句事情就过去了，他站在那儿只管发抖，等于自我暴露。

我把毛更新带回店里，给他重新收拾了一袋奶粉和麦片，不值三百块，让他再去验关。毛更新站着没动，脸色苍白。我说你还做不做？你当在这条街上端饭钵这么好端？你要今天空手出关就坐死了人肉脸。毛更新不回答。我看他已经快哭出声来了，就骂他，狗屁個，还梦想，子贡样子学不会，吕不韦样子也学不会？我骂毛更新，其实是实话，这条街不是一般的街，一九六七年暴动那会儿，听说大陆民兵开枪打死几个英国阿Sir，就那样街上的商铺也没落过闸，在这条街上混，天塌下来斜眼可以，抬头冲着天空犯愣不行。过一会儿，毛更新仄身过来，气不顺地从我手中夺过货袋，出门贴着街边走了。我猫调鼠地跟上去，这回很顺利，海关人没拦他，他找海关人员要扣下的通行证，人家不给，没好气地说，这碗饭你吃不了，回家改端别的碗去。他一脸臊红地出了关，货交给等在外面的人，水费没领就走了。

那天我帮老狐出了不少货，老狐很高兴，晚上叫了烧鹅仔，我们喝了点酒，守着破电视看《伴我闯天涯》。毛更新很沉闷，回到住处就蒙头睡了，晚饭没吃。我借酒对老狐说，毛更新证被扣了，这碗饭他吃不了。老狐呷了口酒，叹声气说，不是人人都像你阿粥，龙舟装猪屎，总有灶下鸡，一撮土地上出来的人，能照应就照应点。我听了很感动，觉得自己门牙留着也不如老狐。酒喝完，上床睡觉，听见毛更新在被窝里嘤嘤出声，我冲他说，要就号出来，听海关人叫，怎么做商人？那家伙揭开被子挺尸一般坐起，鼻孔冒泡地朝我喊，行远啊子！我哼一声说，前世少哩你，管你。我就倒头睡了。

做水客吃的是力气饭，一天街里街外守十几个小时，累成死狗，一般凌晨才能回到住地，第二天睡到太阳当顶才有力气爬起来，到沙头角找个店喝茶，下午两三点钟进街，拿货差不多等一两个小时，再去排队出关。在街外等待那几个小时是我和毛更新的聊天时间，我们的友谊就是这样聊出来的。

现在回想起，那真是好年代，我和毛更新，我俩胸怀大志，想着早日攒足钱，摆脱带货仔角色，自己盘家店做真正的商人。这方面我比毛更新有出息，毕竟我出道早，起活超出他一两丈。我记着老狐的话，手把手教毛更新，好比我是先生，毛更新是学生仔，他要在我手上拿掉文凭。我教了毛更新很多做水客的诀窍，比如四不一绝对：不在水塘犯蠢，不和港水发生冲突，不参加内地客冲关，不帮生客带货，绝对不沾违禁品——差佬不傻，知道我们在干什么，只是每天几千上万人往外带货，多数属自用，个个查那得累死。人家主要查国家专卖品，还有毒品、枪支、文物、濒危动植物和大宗货币这些违禁品，做我们这行绝对不撒骰子，撒泼一次等于送自己上路，我们不能把大好前程砸在自己手里。

话这么说，我诚心诚意教，毛更新进步却不大。开始带货那段时间，他扑了好几次关，多数时候只能空手出街，连累我挨老狐骂。我没有嫌弃毛更新，继续苦心巴力教他，怎么才能不掉水塘，不做黑户，保住白底。我还带毛更新一遍遍看《猫和老鼠》，教导他，海关差佬是强者，等于汤姆，水客是弱者，等于杰瑞，汤姆有一种抓水客的强烈欲望，杰瑞要摆脱恃强凌弱规律，就要上演老鼠战猫的戏法。可是，我越来越感觉，毛更新不是吃水客饭的料，他理解能力特别好，每次给他上课他都拼命点头，表示听懂了，可一出手就露怯。很快我就看出来了，他脑子和手分了家，说起商人的故事一套一套，做事情却不断出差错，真是白风华正茂了。关键是，他点子特别背，隔段时间海关会组织抓水客，我们叫大屠杀，他好像就是为大屠杀生下来的，几乎每次都闯到闸刀下，货被扣下三次后，他上了黑名单，这样当年就不能干活了，只能靠老狐养着他。

有一段时间，一提到毛更新老狐就冷脸，以后不干了，背后给我提过两次，说阿旧是妇人家，屙尿唔上壁，出不了道，让我想办法把人弄走。我没同意，想办法拖着。知道管鲍之风是怎么回事？管仲和鲍叔牙合伙经商，彼此让利好成基,后来俩人都当上了齐国上卿。人家古人能这样,我和毛更新,我们为什么不能做新时代的管鲍?我就是这么想的,毛更新让我知道人这一生不能虚度,要有远大目标,我不能不讲良心把他丢掉,我阿粥要做阿旧的保护人。

那段时间,毛更新常常背着人流泪。我感觉他特别痛苦,悲从中来那种。我鼓励他,葛洪炼丹烫脱过千层皮,吕不韦的银子也不是轻易从地里刨出来的,哭有什么用。我后来急了,用家乡话骂他,割哩三刀都无血出,屎都唔知臭。可能我说了家乡话,没说普通话,毛更新伤了自尊,很长时间不搭理我。我心里很难过,让观水秀去找毛更新说话,劝劝他。观水秀抱着一捧酸叽叽的黄皮,跑去吧嗒吧嗒吮着黄皮仁和毛更新说一气,毛更新不剥黄皮吃,也不理会观水秀。我觉得,那样的毛更新,好像生活在黑暗的日子里。

九十年代以后,海关查得越来越严,我被海关赵差佬盯上,终于成了水塘脸。老狐保我,让我转干天文台,负责看水,遥控通关情况,组织冲关。我天天读报纸看电视,琢磨国家形势,研究海关心情,看着查紧了就通知休息,大屠杀时期不开工。再以后,老狐越做越大,我做了水头,算是出人头地了。我不让观水秀再守摊子,找关系把她弄进一家贸易公司上了班。我和观水秀,我俩确定了恋爱关系,她是我的人了,死心塌地跟着我,一下班就往我这儿跑。我得风得水,很中意,只是观水秀有些得了天空扑翅膀,一见到毛更新就风摆杨柳地弯下身子哧哧笑个不停,人挂在我的胳膊上说,得人恼,阿旧啹支啹筶,蠢到死。我不高兴观水秀那样说毛更新,毛更新他一点也不蠢,只是道闷住了,说他蠢不公平。只要观水秀说毛更新坏话,我就亲她,狠狠咬她嘴唇,这样她就笑不出来了。

毛更新就这么不温不火地干了几年,八·二八海关大屠杀那次,我带观水秀回博罗见父母,定结婚日子,晚上家人亲戚喝了点酒,错过了内线报警,手下人肉被抓了好几个,其中也有毛更新。那次也怪他,见我不在,逞能多带了几客金子,人当场在水塘被带走,因为是黑户,有记录,想捞都捞不住,判了六个月拘役。

毛更新服刑以后,我每个月都去收容所探视他,给他送衣裳和食物。我还给他带了一本《陶朱公大传》,是专门给他买的,不是地摊杂志。每个月他从拘留所放出来那天,我会摆一桌,叫上几个要好兄弟,陪他喝一顿。毛更新不敢多喝,怕回所里被训斥,但他很感谢我,每次看见兄弟们为他干杯,他都落泪。他那个样子让我难受,可我也不知道说什么,只能傻笑着拍着他的肩膀一遍遍说,你吖只攦屎棍,你吖只攦屎棍。我那么说当然不对,毛更新从来不惹事,只是在做商人的路上,他比别人多了几道坎,不像是能成就志向的模样。

半年后,毛更新刑满释放,我开着老狐的那辆皇冠,哼着"干杯朋友,就让那一切成流水",开心地去拘留所接他。毛更新上车后沉默了一会儿,开口说,阿粥,我不想再做这行了。我安慰他,你是拘役,再犯不算累犯,你放心,我会照应你。毛更新扭头看着街上匆匆来往的行人说,他不是要保清白,这半年他想明白一件事情,他不是做商人的料,再往下做也没什么意思。我感到意外,心想,他说得对,不是所有人都能进《货殖列传》,子贡也好,吕不韦也好,世上人有几个能做到?这么一想,心里有点难过,车偏到一旁停下,转身把毛更新搂进怀里,轻轻拍打他的背,听他胸膛里发出压抑住的呜呜声。

我认识一个搞旅游的香港人,叫阿标,私下邀过我好几次,要我帮他往中英街里带团,我拒绝了。观水秀动过心,劝我说,都是揾工当马仔,跟着老狐只认识金子,跟了阿标就能看到外面的世界。我教育观水秀,这不行,人不能不讲情义,老狐对得起我,我不能背叛他。但毛更新就不一样了,我帮毛更新,相当于帮老狐解决了个累赘,我就给阿标打电话,把毛更新介绍给他,然后带毛更新去见了他。阿标很高兴,那个时候离一九九七没几年了,他急着扩大生意,人手不够,他立刻打电话给毛更新办导游证、租房、安排学习,这让我心里松了口气,觉得到底把毛更新安顿好了。

以后毛更新就搬走了。临走时,他扭捏地把我叫到屋外,掏出一样东西,飞快地塞进我手里,说是送给我的礼物,特意用带刑劳动的薪水托阿标在香港买的,是陆货。

我非常吃惊，那是一台夏普牌电子手册，相当重的一份礼，我从来没有收到过这么重的礼物。毛更新不好意思地说，本来想送给我一台现金出纳记录机，他在拘留所里听一位机场高管牢友提到过。他觉得那个能帮助我成为大商人，对我来说更有用，可惜他钱不够。现在你知道了，我和毛更新，我俩是什么样的友谊，即使分手，我们也会砸骨敲髓地鼓励对方。

毛更新离开后，我们偶尔会通个电话。没多久，他情绪缓过来了，电话里透着兴奋，说阿标很厚道，对他不错，做旅游也没有那么大危险，基本不和阿Sir发生冲突，他上手很快。我替毛更新感到高兴。我说好啊好啊，阿旧你好好干，找时间出来我请你喝酒，为你庆功。话虽那么说，我俩都忙，一次酒也没喝成。你想啊，香港很快就要回归，有人逃离，有人填空，有人趁机补仓，老狐借势而为，做了大货主，在宝安和广州开了店，新界那边加了一间仓库，我仍然做老狐的水头，负责走货，我的事业也在飞升，如果现在离开，我现在就能做商人了。毛更新也忙，阿标提拔他做了内地项目的副经理，那个时候还没有自由行，血拼一代还没出现，能办下港澳证的内地客不多，可都是荷包鼓胀的先富佬，钱非常好挣，听说在维港卖水都能年入百万，毛更新提成可观，哪有时间见我。

本来没什么，我和毛更新，我们是不是商人，都走在成功的道路上，要说意气风发，这个词也配得上。可是，我慢慢发现，自打毛更新离开后，观水秀有点神色不宁，明亮的眼睛失去了往昔的神采，人也不往我身上挂了，有时候带她出去玩，她也没精打采，最爱吃的酱油虾，我替她一只只剥好，放进蘸水碟里，她似笑非笑地看着我，也不动筷子。要知道，那会儿离我们定下的婚期只有三个月了。再后来，观水秀辞掉外贸公司的工作，一句话也没有留下就离开了我。我打电话没人接，她换掉了手机。很快我听说，她去找了毛更新。知道这件事情以后，我肺都气炸了。我给毛更新打电话，问他怎么回事，问他观水秀在哪儿。毛更新在电话那头一句话也不说。我骂他唔知衰，殁肠烂肚，然后摔了电话。那是我第一部私人电话，爱立信GSM，我和毛更新，我们的友谊和爱立信同时粉碎了。

然后就到了一九九七香港回归。

干我们这行有个规矩，不侥幸。老狐守了十几年，不知道哪根弦断了，有个内地客出大价钱进洋垃圾，量大货源足，老狐居然破了只在中英街带货的道行，接了单，跑到皇岗口岸做了几单，赚了一大笔。我参与了那几次走水，听老狐怂恿，把全部身家赌进去，也跟着大捞了一把。以后老狐昏了头，居然买关放水做车件，结果做冒了。

事情败露后，老狐我俩准备跑路，走之前要把鹿颈路仓库里的货转移了，那是价值几千万的货，老狐舍不得扔下，我的全部身家也在里面。老狐在这行做得太久，没有可以托付的朋友，走投无路时，我想到毛更新。老狐拿不定主意。我向老狐保证，阿旧不是灵光人，但绝对不会对不起人。老狐嚼着槟榔，吐一口血水说，你心大，观水秀个事情让边讲？我心里狠狠剜痛了一下，半天没说话，过了一会儿说，他是烂人，但不是衰精，占了观水秀，不能再占金子。老狐点点头，说也是，除非他硬要做铳打鬼。

我给毛更新打电话，约了地方，匆匆赶去和他见了面。到那儿才知道，借着香港回归势头，阿标做大了，他开辟了三个产品：海洋公园、太平山和黄大仙庙。毛更新带着几班人守在口岸这边，专做各地蜂拥而至的各地政府考察团，每天早上八点开始，半小时发一个团，一直发到闭关，钞票流水似的进。毛更新安静地听我说了事情，二话没说，答应替我和老狐收拾后路。我们没有谈观水秀的事。我没提，他也没提。我还记得他那天的打扮，他穿一身挺括的蓝条子杰尼亚，二分式换成了蓬松的烟花烫，说真的，是不一样了，风华正茂那个词就是给他准备的。

那是我最后一次见到毛更新。

我和老狐没有跑掉，出关时连人带车被扣下。我听见一声长长的叹息从老狐的烤瓷门牙缝间透出，那会儿我没顾上他，而是盯着乌光锃亮指到鼻子前的微型冲锋枪，心里想，这货有没有牌子？是陆货还是水货？

案子很快判了，老狐判了二十二年；我判了十五年，以后减到十四年零两个月，又减到十三年零四个月。等我刑满释放后才知道，老狐没我运气好，牢头要他一份饭食，他不答应，被踢中要害，服刑第二年就死在监狱里，如今怕是骨头都打鼓了。

我从监狱里出来后，第一件事就是联系毛更新。我打算要回托他照管的身家，还有老狐那份财富，我得把它们交还给胡家人。可是，毛更新消失了，博罗话，吖只衰鬼，下世下哩。我打听过，毛更新人还在，可不再是当年的样子，十几年过去，他发达了，如今是好几家上市公司的股东，而且是大不列颠及北爱尔兰联合王国的公民。就是说，他终于做成了陶朱公，而作为他当年的引路人和保护者，我却落得一文不名，这就是我的下场。

我没想过回中英街继续混。在监狱里，狱方组织服刑人员收看新闻，那时我就知道，自打香港回归，五星红旗插上港府大楼，风水就变了，SARS以后，香港经济凋零，董特首请求中央支持放开了自由行，内地人随便都能进香港，人们不再往中英街里挤，连工商银行都从街里撤了出来，当年的带货天堂，如今已经成为历史。

可是，那条街毕竟养育了我，对我有恩，我去公安局正经办了"前往边境特别管理区通行证"，去街里凭吊了一次。街上没有多少游客，两支举着"文化之旅"小旗帜的小学生团和老人团，隔着几尺宽的街面笑吟吟彼此让过，一对耄耋老人哆哆嗦嗦落在队伍后面，商量着买了一支四元钱的甜筒，你舔一口，我舔一口，满意得不得了。我走进中英街历史博物馆，找个角落坐下来。我什么也没看，用不着。我就那么安静地坐在那里，脑子里冒出些奇怪的画面：德国的柏林墙……越南的贤良桥……朝鲜的三八线……

我想着那些和我毫无关系的场景，脸上洋溢着微笑，觉得我这一生，真的说不清楚。

我最终还是打听到毛更新的下落。他没有待在英吉利海峡那边的爱丁堡，你猜他在哪儿？他哪儿也没去，就在深圳，在大梅沙中央半岛天琴湾。我能理解，人们说离乡别土易摧颓，不到万不得已，多数岭南人不会离开生养他的地方。

我乘坐387路公交车去了大梅沙。我走着上山，一边走一边转着脸看风景，我觉得那是属于鸟和风的地方，人住有点可惜。然后我被保安拦住。在通过一个简短的内线电话以后，保安礼貌地告诉我，业主说不认识我，请我离开。我说他当然认识我，我们是兄弟。保安说，业主没那么说，请你离开。我说，你让我和他通个电话。保安警告我说，你要不离开，我就动用法律了。我听出保安的口音，熟悉的央元音"ɨ"，但他提到法律，我和它打了几十年交道，知道是怎么回事。我没再说什么，离开那个美丽的鸟窝。

我开始打听在别的什么地方能找到毛更新。我收集了很多毛更新的资料。哈，我可长见识了。电视上，互联网上，书店里，全是他的"货殖列传"。我整夜整夜地坐在那儿，或者躺在那儿，一页页划动手机，翻动书本，看他的拼搏史，看得热泪盈眶。然后我抹去脸上的泪水，对着视频里志得意满的他那张脸一遍遍骂：信得你使都会摞筒摞袋，供狗咬脚踭，唔识良心，殁肠烂肚，屙屎都唔同你共粪缸！

接下来的这些年，我不知道自己是怎么过来的。我在龙岗工厂里绞过螺丝，在南山街头做过O2O游动广告，在东莞别墅区做过保洁工，往福田CBD高级酒店里送过污水蚝。这个世界变了，有个说法叫腾笼换鸟外加总部经济，政府把低端制造业赶走，为高科技产业和全球五百强腾地方，人们正在逃离这座城市。当年我带的那些人肉兄弟，他们带着外地妻子回到家乡，买房买地，再投个潮汕牛肉火锅店，每天坐在宽大的新围屋里泡凤凰单丛，念天地之悠悠，怆然而涕下。我却没地方去，人混成这样，回不去了。

我觉得日子仍然要过下去，我在城中村扎下来，盘了个建材店，哪怕苦苦奋斗，大半收入给房东交了房租。我整天在店里进进出出，盘弄地板瓷砖、墙面建材、门窗建材，和顾客砍价，给工程队打电话，一边想着一个人，人们顶礼膜拜的财神爷：范蠡。范蠡当年辅佐勾践卧薪尝胆，十年一剑，功成名就后鸟尽弓藏，弃官为商，三次白手起家，世人尊为商圣。我觉得，他这样顽强真的很好，是我学习的榜样。

直到今天早上，我接到一位叫班森的年轻人的电话。年轻人问我住在哪儿，他来接我。我说不用接，你家是不是住大梅沙。他说对，半山的物业卖了，深圳湾一号的几套也卖了，天琴湾这套我父亲特别看重，打算先留着。我说留着吧。我说我能找到。

这次没有人拦我，班森带着电瓶车在山脚下等我。我看他，年轻人剃着圆寸头，穿了件学院气质的普莱诗牌衬衣，比他父亲帅气十倍，但好像也是个爱脸红的男人。我们一起坐电瓶车上山，车子直接驶进他家里。我在球场大小的客厅里坐下的时候心里隐隐作痛，我想到这家人的幸福生活，还想到了什么？至于他家的情况，我就不说了，反正就是你在电影里看到的那种样子。

班森从楼上取来一只公文包，从公文包中拿出一样东西，郑重地交给我，然后在我对面坐下。东西很旧了，我还是一眼认出了它。夏普牌电子手册，我当年收到的最重要的礼物，他父亲送给我的，用半年带薪劳动的薪水。班森告诉我，因为之前不知道，在整理父亲遗物时，他翻看了电子手册里的内容，里面有我的名片、通讯录，还有一些当年的账目和流水，对此他非常抱歉，也幸亏这样，他才能找到我，亲手将物品交还给物主。年轻人之所以想见我，是他对一件事情感到困惑，在他的印象里，父亲是正直勤勉的企业家，电子手册里的内容却让他隐约看到了一些逃脱海关监管、非法走私物品入境的行为，对此他十分不安。他不明白我的电子手册为什么在他父亲手上，他希望我能坦率地告诉他，怎么说呢，他一直尊敬的父亲，是否参与了那些人们不应当去做的事情。

请您一定告诉我，这件事情对我和我们家族非常重要。年轻人慎重地请求我。

我扭头朝落地窗外看，那里有一个巨大的游泳池，风吹皱了池子里的水，几只鸟儿在池边张头张脑，好像在说着什么。我能说什么？我对那个年轻人说了下面这个故事：

有这么一个人，叫布雷特·卡瓦诺，是2018年10月当选的美国联邦最高法院首席大法官，他陷入了一些丑闻，这些丑闻一直没有核实，人们不知道事情是不是真的，不知道他到底是一个什么样的人。可是，人们知道一件事，在美国当代历史中，卡瓦诺扮演了一个传奇角色，他在二十年时间里近乎神奇地出现在几乎所有美国政治事件和大案现场：白水案、福斯特案、拉链门案、小埃连案、大选计票案、安然破产案、弹劾克林顿、"9·11"事件、反恐战争、虐俘门、窃听门……在接受指控时，卡瓦诺说了下面一段话："我期待就真相作证，我将捍卫我的好名声，捍卫我一生都在塑造的品格和诚信。"

年轻人一脸敬佩地看着我，说，伯父，您太有文化了。我看着明显放松下来的年轻人，矜持地微笑了一下，问他是不是明天就走。年轻人给出了肯定答案，他读研究生，在导师的实验室里有份工作，他回国半个月了，不能再停留。我问他是否还会回来。他说不知道,他在香港出生,很小就去了英国,已经习惯了那边的生活,家里人也都移民英国了,家乡再没有直系亲属。我沉默了一会儿,看着年轻人明亮的眼睛,心里想,我骂过他父亲,骂他路项死,路下埋,绝家子——博罗话,断子绝孙。不知道是不是我的诅咒让他父亲英年早逝,如果是,我很抱歉。不过,好在上天没有听我的话,他父亲没有绝代,有这么个出息的儿子,相反,我连个后人都没有。我那么想,不禁红了眼圈,心里一波温水过,一波凉水过。

我坐正身子,清了清喉咙,隐约回忆起,曾经熟悉这个看似多余的动作。我郑重地对面前的年轻人说,我当年进过监狱,电子手册是我进监狱前托他阿爸替我保管的,我做的事情他不知情,那会儿他在另一个行道打拼,说到这儿,我们家乡有句俗语,识得系宝,唔识系草,过去我低看了他的阿爸,我以为他是草,结果我错了,他是宝,不是草。我告诉年轻人,深圳可不是他们的英伦三岛,它是世界上最年轻的城市,是不见血的竞技场,没人能仅靠善良赢得尊重,你得有一身本事,还得有大志向,否则就算是宝,最终也可能落成草。我告诉年轻人,我从他阿爸身上学到很多,比如,他刚才说我有文化,我的文化都是看杂志看来的,这个习惯保存到今天,是他阿爸教会我的。

我说了什么?我干吗要提到城市?它是一座了不起的城市,成就了无数人,它也没有亏待我,不然我不可能仍然能留在城中村。我觉得事情到这会儿就算谈完了,我没有再向年轻人询问什么,比如他阿妈的名字,我觉得世事难言,最好不问。

在征求过年轻人的意见后,我揣上失而复得的电子手册,坚持不要年轻人送,离开阔气的别墅,从山上往山下走。路过门岗时,我举起一只手,朝年轻的保安挥了挥。

我觉得大梅沙真是一个好地方,也许人和鸟啊风啊什么的就该住在一起。我想起中英街早年的事情,那条清亮的滘水河,还有那些大翅膀的鹭鹚,它们有时候会纠缠不休,但终究鸟归鸟,河归河,各有归宿。而且,我觉得吧,我年轻时做过梦,相信梦它能成为现实,有时候它可能破碎掉,但谁的梦不是这样?人年轻的时候总会冒点傻气,挨几下捶,我挺高兴经历过这一切,我得维护它,不能让它在我还活着的时候死去,你说对吧?

2020 年 3 月 18 日
于听山轩

猜猜云彩

他脸上有非常丰富的光线,它们奇异地从他脸上掠过,我不知道是不是云彩的反射造成的,可云彩不会有那么复杂的光线。我看到了他的眼神,你要知道,那种眼神,那种来自灵魂深处的目光,不是人们一生中必定可以见到的。

那一年，我在内地的饭碗砸掉了，心血来潮，决定南下深圳，看看能不能找到一份工作。来得匆忙，一时没找到合适的落脚处，借常早的房子住了两个月。

深圳没有电影工业，电影人不多，基本属于候鸟，干活时飞去北京上海，活干完回来，读书喝茶撩妹修行。常早九十年代来这儿，电影圈的人都知道他，一头高加索人自来卷发，一张兰陵王迷人脸，北电毕业的科班摄影师，第一部掌机片就是博得大名的《王村》，说起来前途无量，可却偏偏迷恋上消失的事物，不正经接商业片，筹集大量宝贵胶片拍岭南一带的蚝农和凉帽女。二十多年过去，如今他的学生成了国内一线电影摄影师，他还乐此不疲地在一千九百九十七平方公里土地上寻找比野牛还要稀少的凉帽女。

当年我和常早是同事。不是完全意义上那种。他掌机拍片，自己也做导演，我在厂里器材部做保管。他常来调器材，来时从不给清单，张口要这个那个，一副自家粮仓里抓蚕豆的主人样。有一次，他想找一位刚火起来的编剧写剧本，那位新晋编剧恰好是我舅妈家邻居，他托我打听，能不能给个友情价。事情我给他办了，他特别感谢，送了我两张他的电影签名碟，我高兴地收下。我没告诉他，那位新晋编剧多要了两成剧本酬金，多出的两成六四开，六成归了我。还有，剧本不是那位新晋编剧完成的，是戏文系刚毕业的研究生捉刀，这个我也没说，不能说。

话说回来，我来深圳那会儿，正赶上房价猛涨，我虽卖掉了内地的物业，兜里有几个钱，但在深圳买房远不够，只能租房，一时半会儿又找不到合适的物业，来之前电话里谈好的工作也吹了，总之，落脚处和工作的事情不怎么顺利，这让我有点沮丧。我每天早出晚归找工作，找房，顺便看看日新月异的深圳，回来后在煤气炉上煮点面条什么的，吃完躺在床上发呆，打发掉一天，然后期待第二天事情能有转机。

现在，可以说说常早的房子了。常早的房子位于罗湖区赤湾六路，坐落在一大片上世纪八九十年代建起的工厂和陆续盖起的居民楼中，一室一厅，五十来平方米，常早花几万块钱买下的。常早后来在南山买了房，一百来平方米，相当不错的海景公寓，花了几百万。当然，海景公寓和我没关系，反正我出不起这笔钱。

我继续说。南方瘴气重，二十多年过去，当初兴致勃勃盖起的六层楼房早已锈色斑斑，看相不佳。不过，房子虽然旧了点，有煤气和热水，厅房里还有一张带两把塑料靠背凳的简易餐桌，可以说，相当阔绰。像我这样没有什么专长的人，工作不好找，只要能省几个钱，有地方睡觉，总比睡桥洞强。我这人有点信灵异，特别警惕沾上什么不好的东西，这方面比较节制。我住进来以后，把房间打扫了一遍，平时外出回来，在煤气上煮好面条，我也不坐，就站在厅房朝北的窗户前，边吃面条边看屋外的风景。有时候我会放下碗，掏出手机，从站着的地方往外拍几张照片，是一些云彩照片。每天出门之前和回来之后，我都会站在窗前，在同一个角度冲着天空拍两张。最初的想法，是想不出我死以后，有什么可以陪葬，如果和殡仪馆的人商量一下，征求他们同意，说不定那些照片能和我一块烧掉。至于为什么是云彩，我也没有想明白。

　　要说，那真是一扇好窗户。从那儿能看到什么？能看到大片的天空，天空下有一座体量不小的老旧建筑，需要探出半边身子才能看完整。我试过，手抠紧窗户沿，半边身子探出窗外，脑袋偏左，再偏右，不眨眼，这样就看清楚了。老旧建筑大约长宽各百步，三人高的青砖墙，四角各竖一栋二层碉楼，模样像个寨子。为便于叙述，我就叫它寨子。我看到，不时有神魂不定的鸟儿飞来，落在寨墙上，探头探脑朝寨子里窥视，就像我站在窗前看它们，然后它们再弹射出去，消失在四周的建筑群中。那些鸟儿羽翅别样,各美其美,降落和飞走的姿势完全不同,这引起了我的好奇。

有一天,我出门找工作和房子,回来得早,那会儿下面条或者发呆都不合适,于是我决定去看看那座寨子。

寨子大门向南,镶着一堵粉红石墙,门楼上嵌着块石匾,仰头辨认半天,看出"元勋旧址"四个字。石墙两边还有副对联,慢慢也认出来了,是"笋得栽培解箨春池龙已化""岗钟灵瑞和鸣丽日凤来仪"。我十二三岁进乐团敲扬琴,以后改行器材保管,没读过什么书,不明白对联什么意思,索性丢开,迈腿进了大门。

寨子里空荡荡的,一个居民也没看见,窄窄的街巷,横六纵三,老旧的房屋,多是罩式大门,两进带天井格局,大概上百间,沿青石板铺成的街道排开,有个不大的土地庙,还有座祠堂,门口挂着"同福堂何氏"牌子。我有一搭没一搭在寨子里逛着,好几次隐约听到什么,像是节奏感很强的风吹过去,停下来掩耳倾听,声音还在。就是说,声音不是我弄出来的,但却见不到人。沿街的屋子大多门窗紧闭,不像有人居住。有一家倒是开着门,门口摆放着老式玻璃货柜,柜子腿脱了漆,柜子里放着几封蒙了灰尘的云糕片和一些装在塑料袋里的乌榄,旁边支着一口油锅,锅里的油早冷了,一把漏勺架在油锅上,勺子里还盛着两只蔫塌塌的煎堆。我打算买包云糕,夜里失眠时充饥,叫了两声没人答应,一只猫答应了,它在我身后说,喵。我回头看猫,它站在街对面的滴水檐下,一身钟馗黑皮毛,一双狐仙媚眼,尾巴又长又粗,不像谁家的宠物。我不知道怎么和它对话,关键彼此不认识。猫像是有同感,微微仰了仰脸,不待见地拍一下尾巴,斜过身子走掉了。

离开寨子,回到住处,我一边烧水煮面条,一边仔细回想,最终得出结论,刚才在寨子里听到的声音是管乐声。嗯,一把圆号,不知躲藏在什么地方吹奏,声音丰满优雅,可以说,高贵的它在努力摆脱自带的阴郁。要知道,这是一件困难的事情,你得把音符往上提,找准音,除非口轮匝肌相当发达,而且有一把号嘴匹配的巴哈牌阀键号,否则难以做到。我这么说,是因为这正是我的痛处。当年在乐团敲扬琴,患上腱鞘炎,我仗着嘴大,闹着改行去管乐组,最终没去成,连民乐组也待不下去,被踢去搞后勤了。

好了,现在我要说到这个故事最重要的内容了。说起来,幸亏常早关照,我暂时落下脚,有个权衡之计,因为如此,也认识了常早的几个朋友。当然,说不上真正认识,比如王不空,他正经职业是洗片师,也做摄影师,替香港几家娱乐刊物拍封面。不过,我们只是一面之交。实际上,目前关于这个也存疑,就是说,我们是不是见过很难说,反正以后我再也没有见过他。

就说王不空吧。那天他一大早来找常早,我正站在窗前吃面条,打算吃完面条洗过碗,出门去找工作和房子。我去开了门,门外站着个中年男子,高高的个头,是那种无依无靠的单薄高，一只肩膀向一旁耷拉着，样子像北方平原上的树，被朔风吹歪了身子，一双不大的眼睛，透着碎银般的细光，让他有了点神丰之气。中年男子看我一眼，问你是谁。我把目光从他脸上移向门框，稍作评估，确定门框正着，不是管沉或者地震现象。然后我回答了男子的问题，我说了我是谁，再问他是谁。中年男子说他姓王，叫王不空，老常的朋友，来取东西，早先放在这儿的，明天要用。我问老常知道吗，我意思是，我不是主人，你得拿主人条子来。那个叫王不空的男子看着我，目光闪烁，身子往回收，就像慢慢拉开的龙舌弓。我倒没害怕，要知道，他身子歪得厉害，就算他真有箭矢发射出来，不知道怎么找准头，我觉得有点勉强。

接下来，叫王不空的男子掏出手机，滴滴答答拨通了电话。他电话收音效果不好，能听见常早在那头大声冲谁叫喊，拉上去，绳子拉上去！不要松，千万别松！王不空皱了皱眉头，爱惜耳膜地移开手机，远远伸出胳膊递给我。我摇摇头。我不是自恋者，不替谁受过，而且，我觉得常早这会儿工夫肯定在自甘堕落，继续把不菲的资金砸在不值当的怀旧片上，反正房子得我自己掏钱租，他不会赞助我，我干吗要陪他悲哀。我拉开门，从门口退开。

叫王不空的男子进了屋，熟门熟路，径直去了卧室。卧室门敞着，我能看见他。他朝两边看了看，没找见搭脚的，床垫掀起一角，脱下只鞋，单脚上床，金鸡独立，伸出胳膊拉开床头上方的储藏柜，够着身子在里面摸索。他个子高，胳膊也长，一下下跐着脚，倒不显吃力。不知怎么的，我突然想起当年学扬琴时，老师讲倒垂帘法，讲错落有致的高低音阶，提到白乐天两句诗："猿攀树立啼何苦，雁点湖飞渡亦难。"我那么一想，觉得有种窥视者的羞耻感，于是收回视线，去厨房洗碗。洗完碗出来，听见卧室里窸窸窣窣，我没再往里看，拿过桌上的手机，冲窗外拍照。还好，朝霞还在，没烂成鱼糜粥。

一会儿工夫，王不空出来了，听见他噗噗拍打着什么，脚步朝大门方向去，到门口犹豫一下，脚步收回，向我走来，在我身后停下。

"你干吗？"他问道。

"拍云彩啊。"我感到他喘息吹得我脖子发痒，隐约有股早餐肠粉酱汁的姜葱味。

"这样拍不行，知道吗？你会让云彩死掉！"

我回头看王不空。他一脸怒气看着我，鬓角上挂着一缕蛛网，活像不争气的廉价头饰。我心里暗笑，他说死掉什么的，好像云彩真有生命，他又不是这套房子的主人，哪来的怒气？我没理睬他，转身继续拍我的。

"喂，注意前景！"他在我身后继续大声叫喊，"没有前景的风景照全是狗屎。还有比例，比例知道吗？云彩不是你碗里的缩水棉球，你得强调真实比例。瞧见那只鸟了？抓住它，别让它溜掉！"

真是烦死了，我再次回头，这次朝他狠狠地剜了一眼。王不空，如果他叫这个名字的话，他完全没有看出来，口欲期未得到满足，试图在圆号上找回自己，最终没能实现愿望的我最讨厌别人多嘴。可是，没等我反应过来，他把一包东西放在桌子上，从我手中一把夺过手机，毫不客气地把我从窗户前挤开，自己站到那个位置上去，两只胳膊轨道车似的平推出去，熟练地使用起我的手机。

"喏，看着，看到滴水檐了？拉进来，注意对角线，拍风景不是摊大饼，得有景深明白吗？人的视线超九成从左到右检索，要引导人们的视线。测光，对焦，快门，看到没，这样云彩是不是活了？是不是比你爹拍得好？"

我气坏了，伸手去王不空手里夺手机，我的手机，花两千多元买的。王不空像猩猩一样架起双臂把我隔开，快速查阅手机设置。

"你有多傻，这机子配了HDR，能连续欠曝、正曝和过曝，整合出最佳曝光图片，用它你什么细节都丢失不了。"他调整完设置，长长舒出一口气，手机大方地拍在我巴掌里，怂恿说，"来，你试试。"

遇到这么个喜欢指手画脚的人，我很生气，但有什么办法，他说得头头是道。我朝桌上瞟了一眼，看他放在那儿的东西，是一包纸封陈旧的柯达牌16mm电影胶片，傲慢地趴在桌上，像是替主人站台。接下来，借我生涩地摆布HDR设置的时候，王不空说了一些他的情况，身份啊资历啊这一类硬通货,听上去,他干的活挺复杂,涉及在复杂的光线层次中不遗余力地捕捉无所不在的细节,把微妙的场景和真实色彩还原到最佳状态这一类令人晕眩的手艺。按他的说法,这方面他挺牛,他为林岭东的《监狱风云》和程小东的《倩女幽魂》洗过片子,以他在行业中的地位,就算优等生常早也给不起价请他洗片,他没必要和我这种连取景都哆嗦的雏子较劲。

这家伙那样一说,我就没话了。要知道,我非常尊敬专业工作者,我自己也想做高贵的人,比如用圆号吹奏莫扎特第一协奏曲,如果某个人在某行是大家公认的翘楚,我又有什么必要太看重脆弱的自尊?为了表示对专业工作者的尊重,我按照王不空的指教,摆好姿势,端稳手机,两只胳膊做成轨道,战战兢兢推出去,猫学虎样地取景。

"蠢货,别那样!"王不空在我身后吼道,"干吗使用缩放?只有傻子才会那么做!如果不能爬到天上去抚摸你的云彩,那就用后期裁剪!"

这次我没反抗,憋足了挣表现的劲儿,按他说的试了几张。还别说,真管用,照片质量立刻不同了,怎么说呢?我觉得照这个样子拍下去,很快我就能拍传说中的情绪片,说不定能在常早面前显摆一下。

"看到了?"王不空得意地喷了两下嘴,有股很受用的成就感,"再教你一手,别只盯着柔光拍,那和自拍大妈没什么两样。暴雨前的滚滚乌云,耶稣光,地表光折射,积水倒影,都能拍出好云彩,知道了?你根本不需要天气眷顾,你就是自己的老天爷。"

那话怎么说?事实胜于雄辩。我转变了对王不空的态度,冲他投出敬佩的一瞥。王不空根本没接我卑微的眼神,伸手从桌上抓起胶片包,朝门口走去。我有点遗憾,或者说,有点不舍。我来深圳十几天,每天和朝气蓬勃的前移民们谈工作谈房租,却没人正眼看我,更别说掏心掏肝地和我说这么多话。说真的,我喜欢这座城市,我猜我会爱上它,我希望能和早来这座城市的人们有更多交际,那会让我早点进入一个全新的大家庭。

"这就走?"我说,"要不,喝口水再走?"

王不空已经走到门口,拉开门了,他停在那儿,回头奇怪地看了我一眼。如果我没猜错的话,他眼神里是那种看明白了一切,却不说破的揶揄。我有点不好意思,回头看窗外。不是看云彩,云彩已经变了样子,别说耶稣光,啥啥都没了,不适合拍了。要知道,我现在已经能识别什么是好货色。

"那什么,那是谁家的寨子啊?"我没话找话,朝窗外那座老旧建筑看了一眼。

"你不知道?"

王不空边说边往回走,走回窗前,和我并排站在一起,我俩一块儿探头朝外看。窗户有点小,但足够了。

"当地人叫笋岗老围,东莞何家人集资为老祖宗何真建的宗祠，最早只巴掌大一块，后来何真的四世孙何云霖买下旁边的地，扩建成现在的样子。"

"何真是谁？"

"明朝开国元勋，正二品东莞伯。"

"东莞伯是什么官？"

"呵呵。"王不空朝我看了一眼，眼里的碎银色收去，不像嘲讽，"省长知道吧？相当于省长。那会儿没有书记，这儿也不叫深圳，叫东莞，比现在地盘大多了。放在那会儿，你我都是东莞人。"

原来元勋旧址是这么回事。我想起来，之前去寨子里，见宗祠内墙上嵌着块石碑，写有"本族始祖讳真，明封东莞伯，赠侯爵恭忠靖"字样，落款是民国初年。我喜欢地盘大这个说法，多好的山海之地，植被妖冶，氧气充足，魅影似的大白鹭满天飞，干吗不大点儿？但得有份工作，不然再大也没法活。但是，东莞人？这个没想过，我怎么知道明朝的那些事儿？

"明白了，就是说，寨子是个叫何真的明代官员的老宅子。"我说。

"他可不是随便什么官。从他身上，能看到岭南人的影子。"

王不空视线离开窗外，回过头来面对我，身子靠在窗前，怀里抱着那包胶片，样子像是随时打算离开，这让我有点不安。

"怎么说呢？何家是官员世家出身，何真大个头，美髯公，能文能武，相当骁悍，十八岁就在大元人军队里做副指挥长，二十岁转到淡水盐场做管库，肥差。"

王不空停下来，皱了皱眉头，好像不太想说下去。我有点紧张，担心他就这么结束。但没有，他又继续下去，我明白过来，他是在整理思绪。

"元末那会儿，到处都乱了。何真有个叫王成的同乡，纠集一众地痞匪盗鱼肉乡民，何真向元帅府投诉。狗官受过王成贿赂，下令将何真抓起来。何真一看不妙，官也不做了，带着老母亲逃到泥冈村，征集义兵，攻打王成，没攻下，回击惠州叛将黄裳和王仲刚，把黄裳赶走，杀掉王仲刚。大元人见何真能成事，让他当了惠阳路同知、广东都元帅，令他镇守惠州。"

"嚯。"

我夸张地喝了一声彩，意思是我不在乎这个叫何真的东莞人能当什么官儿，只要有人和我多说话，无论说什么我都信，让何真当丞相都行。

王不空没有看出我的心思，继续说：

"伶仃洋有个叫邵宗愚的大海盗，趁着天下大乱，攻入广州，杀掉大元人的江南行侍御史八撒剌不花，大肆屠城。本来没何真什么事，可他不干，率兵北上，一顿箭矢，愣是把广州收复了。大元人看出何真是厉害角色，提拔他做了广东分省参政。再以后，何真带着何家兵打遍闽赣粤，一直做到江西福建行中书省左丞,成了岭南一代霸主。"

没想到,这家伙还真当上了丞相,虽说行省丞相只相当于省府秘书长,也算光耀门楣。我不由朝窗外看了一眼,立时感到,几十米开外那座寨子有点熠熠发光的模样。

"话说,到了1368年,明太祖朱元璋在应天府称帝,国号大明,派兵征讨四方。"王不空没留意我,继续说故事,"广东各支民军纷纷协助大元人抗明,岭南势力属何真最大,可就他没动静。何真有个部下叫陈符瑞,劝奔大衍之年的何真,不如学南越武帝赵佗,借这个机会割据称王。何真笑着反问,我若称王,朱王不肯,兵戎相见,岭南万千生灵如何处置?"

"他没听这个?"我猜。

"嗯。"王不空点点头,眼里闪过一串碎银光,透露着看好我觉悟的赞许,"何真不由陈符瑞分说,叫人把他推出去斩了,然后问手下人,谁读过朱王的《谕中原檄》。部下无人读过,何真就把朱王驱逐胡虏,恢复中华的政治纲领从头到尾说给部下听。随后招来地方官员,令其帮助岭南百姓安居乐业,再招来粮草官,令其带足兵粮,远迎南征的明军。自己则率十数偏将轻骑,前往赤湾坐等明军到来。"

"这样啊。"

这个我可没想到。一员骁将,打遍岭南无敌手,却选择不战而降,这算什么?但我更担心的是,这不会是故事的结束吧?"

"天下事兴废有数,那一年,大元人对华夏九十八年的统治结束了,岭北打成一片,岭南却兵戈未动。何真以保民达变,易乱为治为策,交出户籍官印,让明军坐收领地。明武帝老朱没想到这个结果,对何真刮目相看,再一问,何真字邦佐,老朱大喜,立刻任命何真为江西行省参政,以表来归之勋。何真八个儿子,也都弄到新朝中做了官。"

"明白了,开国元勋,指开朱家王朝的国。"我有点佩服王不空,难怪他能替香港导演洗片子,还能把云彩拍活,人家肚子里有货。

"老朱是雄视六合的人物,用人有一套。"王不空继续说,"他看出何真能治理地方,真把何真往刀刃上用,不到十年工夫,他就叫何真在山东、四川、山西和湖广行省布政使位子上转了一轮,不光用何真,还用岭南兵,隔两年就让何真返回岭南去召集旧部,带去岭北打仗。"

"老朱玩韬略,"我笑了,"调虎离山不算,还把老何势力收拾干净,不让其坐大。"

"你当何真不知道?二十年,他愣就没吭一声,忠心耿耿替老朱卖命,每年按时到京师朝觐,礼带最大份的,三拜九叩一丝不苟。老朱在朝上戒谕,他在下面趴着嗯嗯点头,一句废话也没有,在京师待着的日子也不乱跑,绝对不和武官们来往,只和宋濂交往。"

"宋濂是谁?"

"明初诗文三大家、翰林院学士、太子师,比何真大出一轮。两人是忘年交,何真没事就去宋濂家,和宋濂讨论《元史》。"

"讨论《元史》?"

"老朱重修史,修《元史》是他交给宋濂的活。"

"后来呢?"我隐隐觉得老何不简单,心里憋屈着,就是不说。

"宋濂快到古稀之年那会儿,不想干了,闹着告老还乡。老朱劝不动,亲自为太子师设宴饯行,朝中有脸面的都叫来凑兴,用成华斗彩高足杯喝秋露白,打十番鼓,唱时曲,留下史上美谈。"

"那,宋濂一走,老何在应天府岂不是没地方可去了?"

"何止这个,上宴太子师这事儿没过三年,宋濂的孙子宋慎牵进胡惟庸案,宋家落得满门抄斩,宋濂本来也在名单上,马皇后和太子朱标苦苦陈情,老朱才放过太子师一马,人贬徙去四川,结果还没走到流放地,人就病逝于夔州途中。"

我打了个哆嗦,感到一股险气扑面而来,不禁下意识扭头看了看身后窗外那座寨子。

"岁月如梭,何真到六十多岁时,也干不动了,向老朱请辞。老朱也不挽留,给了他个正二品衔,人召回应天府,说你哪儿也别去,就在我身边待着,我赐你世铁券,只要不谋逆,一切死罪你免二死,你儿子各免一死。"

"就是说,不许回岭南,也别反我,就待我身边,杀人都行?"

"那会儿何真弯腰都困难,如厕得人扶着,你觉得他杀得动谁?"

"倒也是。"

"老头儿没辩解,捐了惠州的私第私田给地方办义学,自己在京师待着,心如止潭,大门不出,二门不迈,在家读邓牧的《伯牙琴》和老友宋濂的《周礼集说》,没多久灯油熬干了。朱元璋听说后赶到老头家里,问老头儿有没有后事交代。老头儿说了三件事。"

"哪三件?"

"国礼补遗,丧礼服制补遗,国史补遗,件件都是老朱关心的朝廷礼仪大事。他当年不是和宋濂交好吗?宋濂和他讨论过这个,老头儿一直在心里温习着。"

"他没提岭南?"

"别说岭南,连何家他都一字未沾,一代岭南霸主,就这么合上了眼睛。"

"这样啊。"我有些不解,不是说何真身上有岭南人的影子吗,难道岭南人不思故乡?

"何真一闭眼,老朱慢慢起身,扭头看案几,案几上堆积着《铁榜文》《资治通训》《臣戒录》《志戒录》什么的,全是他老朱颁布给公侯们的申诫和劝谕文件。老朱瞟一眼跟在身后的内府官员,清清喉痰说,朕平定天下时,邦佐有聚众之势,却为一方百姓率全土来归,从此无一字言及家事,实乃真男子,今以年高善终于家,朕甚悼焉。他不是说说,亲自写了悼文,下令朝中百官素服三日,将何真厚葬于京师城南八里岗。"

"完了?"这故事越听越硌意,但我猜它还没完,何真八个儿子,就像天上的云彩,这朵没了,后面还跟着。

"没完。"王不空看我一眼。

这样,王不空就能再待一会儿。我琢磨是不是该叫他暂停,我替他把脑袋边上的蛛网弄下来,免得顶在脑门上,他身子斜得厉害。

"但凡是个人,就想做福泽万代的事情,老朱也这么想。"王不空倒没有头上沉重的负担,继续说,"为保太子朱标继位,老朱精心打造了武人集团,可朱标没这个福气,壮年早逝。老朱计划落空,只能重起炉灶,扶植皇太孙朱允炆继位。"

这个我懂,世袭制跟肿瘤一样,别说六七百年前的明朝,眼下世界上也能拎出一大堆。那就得把之前为太子保驾的武人集团铲除掉,不然太孙接不上班,老朱只能干着急。

"那些年,除了跟退回大漠以北的残元死掐,老朱就一门心思清洗太子集团,那都是他亲手扶植起来的功臣宿将。先杀了丞相胡惟庸和太师李善长,累及党羽三万余,宋濂家沾上的就是这个案子。之后又捉了征虏大将军蓝玉,直接剥皮揎草,连坐党羽景川侯曹震、鹤庆侯张翼、舳舻侯朱寿、定远侯王弼等,凡万余五千人。"

我心里一紧。要这样,老何八个儿子在朝,就算是云彩,到底在老朱的天上,躲得过蒸发,未必能躲过致雨。

"何真的儿子没能幸免,长子何荣,次子何贵,六子何宏连坐蓝玉党案,身首异处。何真的胞弟何迪害怕祸及自己,干脆叛了,被捉住砍了头,何家半数男丁做了冤死鬼。"

"这就,完了?"

我突然感到愤怒,被王不空的故事一步步带进迷宫,按说何真骁勇不让他人,半生仰人鼻息,也算个独清独醒的人物,八个儿子,故事应该是老何乘以八这么长,怎么脑袋却不经砍,一顿就砍光了?

"记得何真的忘年交宋濂吗?"

当然记得,老何拿来打掩护的翰林院大学士,惨死在贬徙途中的太子师。

"宋濂是明代大儒,著名的米上题字,说的就是他在一粒米上写下孝、悌、忠、信、礼、义、廉、耻八个楷书。可很少人知道,何真生前也在一粒米上写下了八个字,据说是他给儿子们留下的家训。"

"哪八个字?"

"宋濂见过,从没对外人提起过,这个秘密再没有其他人知道,世人一直在猜测。"

王不空意味深长地看了我一眼,那一眼简直是碎银割心,是个人都受不了。然后,他手肘一撑离开窗前,抱着胶片包往门口走。

我特别失望。不是失望他这就走,而是他的故事留下一堆云彩般的疑问,让人怎么猜?也许因为这个,或者还有别的,我没忍住,在他身后大声说了一句:

"这算什么破故事,要我看,全是你编的。"

王不空停下拉门的手,回头看我,明显有点不高兴,因为平衡关系被打破,他脑袋歪得厉害,完全失去了平衡,我感到一阵目眩。

"你意思是我撒谎?"他眼神沉重地反问,"你什么都不懂,那话怎么说?一张白纸。"

他把门关上,再度转回来,手里的胶片包嘭地放在桌上。能看出来,他有点累,拉过一张靠背椅,在上面坐下,那种骑马式跨坐,一只胳膊耷拉在靠背上,人斜着,两条腿神经质地抖动着,让人担心他会从"马背"上滑下来。

"再给你说个故事吧。知道1992年那张著名的伟人眺望香港照片吗?"

"你是说,国贸楼上那张轰动世人的照片?"

他难不住我。来深圳前,我熟悉过这方面的资料,他说的1992年对深圳非常重要,那一年那位伟人在深圳的所有照片我差不多都看过。

"这不怪你。"王不空嘴角露出一丝揶揄,"那年伟人来的时候，先后几十位摄影师跟着拍，照片上万张，摄影师私下公认，拍得最好的不是你说的那张，是我拍的。"

"呵呵。"我差点没笑死。

"别不信。"

"拿出来我就信。"

"不行。"

"我猜也不行。"

"照片按规矩都得审。"王不空没有被我的嘲讽打击住，"内部挑选了一下，我拍的那张连底片一块儿收走了，说是要用，可最后没用，一次也没用，它失踪了。"

"怎么可能？"

"我问过，上面查了档案，说没有那张照片的登记信息，他们就是这么告诉我的。"

"那，你拍的什么？"

"想知道？"

"当然。"这一次，和留他下来陪我说话没有丝毫关系。

"记得是1月19日，天没亮，我跟着一台纪录片摄影机，和一群纪录片摄影师、新闻图片和文字记者一起守在皇岗口岸。我的摄影师说了个笑话，大伙儿都笑，有个当官的过来要我们严肃点。上午十点左右，车队过来了，那位伟人从面包车上下来，口岸站长跑过去敬礼，摄影机快门声响成一片。本来没我什么事，我那天的活就是跟机，当时我带了台柯尼卡C35EF3，那种自动曝光的135相机，我打算拍两张工作照。可能之前没旋紧,我把相机从包里取出来时,滤色镜从镜头上掉下来,落进一丛草中。我俯身去拾,身后一位摄影师抢到前面去占机位,推了我一把,我没站稳,连人带过滤镜一起滚下了河岸。

"那一跤摔得够狠,直接摔进河里,幸亏我抓住草稞,没淹着。我从河里爬起来,还好,手肘和手掌擦破点皮,别的没伤着。我抹掉身上的泥,脱掉上衣,在草稞中找到相机和过滤镜,准备爬上河岸,这才发现事情有些不对。

"河岸是自然落差,七八尺高,水泥砌的,什么援手都没有,没人帮助根本爬不上去。那会儿大家都在工作,盯着大人物,唯恐错过镜头,保卫人员比他们更紧张,就算他们爹妈掉进河里也不会管。我被人们遗忘了,很狼狈,尴尬地站了一会儿,只能沿着落马河岸走,想着找个地方爬上河岸。那个地方还真被我找到了,就在落马洲桥下不远,有条被荒草掩盖了一半的石梯,可能是维修桥基用的。我打算从那儿上桥,再返回人群中。就在这个时候,一件事情发生了。"

"什么?"

"那个大人物,他离开人群,走上了落马洲桥,沿着桥向南走来。随从们不敢跟太近,摄影师和记者们之前也没有得到允许上桥,人们远远落在后面。你知道,那个大人物是小个子,人们一直在私下议论他的个头和心脏的比例,他走得很快,急匆匆的,像一粒弹射出来的种子,又像要丢掉身后的什么。他一直走到边界线前,停了下来,回头望了一下来处,再转回身去,目光投向南方。他站在桥上,身子笔直,一动不动地凝视着远处。那是他从未去过的地方,他为它拼过命,在晚年的时候,他把一生的荣辱都赌上了,他说他想去桥的那边看看。现在,他就那么一动不动地站在那儿,那是他和那边距离最近的一次。"

我感到自己的心脏在怦怦地跳动,这种情况过去没有过。

"我就在他脚下,仰头就能看到他的脸。那个角度特别奇怪,我猜没人从那个角度观察过他。可我看见了他的脸,他脸上有非常丰富的光线,它们奇异地从他脸上掠过,我不知道是不是云彩的反射造成的,可云彩不会有那么复杂的光线。我看到了他的眼神,你要知道,那种眼神,那种来自灵魂深处的目光,不是人们一生中必定可以见到的。我当时像被电击了一下,完全没有意识过来,举起手里的相机,摁下了快门。"

有一段时间,我俩都没说话。王不空没说,我也没问。然后他长长地吐出一口气,慢慢说:

"他站在那儿,云彩从他头上掠过,他的眼神,我说了,那是一种非常复杂的眼神,我完全无法形容出来,可我永远也忘不了。"

关于云彩的事情,我一直没有问,眼神的事也没有问,我好像被什么事情慑住了,开不了口。王不空是什么时候离开的我不知道，那天我随后也出了门，去找工作和房子，和之前一样，它俩都没有下落。但那天的情况有些不同，无论我去什么地方，进门之前，出门之后，我都会下意识抬头往天上看，看看那里的云彩。我觉得，我和云彩之间，应该发生了些什么吧。

过了两天，常早来了，带来一箱母带，他要把那些母带放进卧室的储藏柜里。常早在床头爬上爬下，我在下面帮助他。也许储藏柜提醒了我，我想起王不空，就从兜里掏出手机，找出这两天拍的云彩给常早看，问他我的拍照技术是不是有飞跃。常早不怎么上心地瞟了一眼，说还行。我说是你朋友王不空教的，他点化了我。常早停下来，居高临下地看了我一眼，然后把取出来的东西一样样放回储藏柜。干完这些，他关上柜子，从床上跳下来，去卫生间里洗手，洗完回到厅房，在靠背椅上坐下，看着我。

"王不空是谁？"

"你朋友啊，忘了？前两天他来拿电影胶卷，顺便教了我这手。"我笑嘻嘻回答。

"我不认识王不空。我没有这样一个朋友。"常早说。

我笑了一下。我想，作为科班出身的摄影师，常早有对纯粹艺术坚守的固执，这容易产生技术洁癖，因为我这个雏子学有上进，贬低了他技术主义者脆弱的尊严，心里不舒服，才这么说的。

"储藏柜里没有胶卷。"常早继续说，"圈内规矩，器材借出,不替人保管,器材会生气。"

"别逗,他的确是你朋友。"我继续笑,看着常早,然后不笑了,"我的云彩拍得不一样了,用他的话,没有死去,是他教的,这是事实吧?"

"能说明什么?什么都不能说明。"

"怎么可能?"我有点急,"他给你打电话,就在门口。我以为门框歪了,其实不是。你有没有在电话里面说绳索的事,你说别松手,把绳子拉上去,你冲人喊。"

"绳子?"常早困惑地看我,"我爱干什么干什么,最讨厌约束,干吗要绳子?"

"好吧,"我觉得,这会儿工夫的我,就像个手艺稀烂的小偷,特别无能又特别无耻,"你的意思,两天前没有一个叫王不空的朋友拨通了你的电话,你否认这个?"

"干吗否认,我说过,我就不认识王不空。"常早不耐烦了,"我在大鹏待了五天,手机忘在家里,昨天回市里才取到,这五天,我连电话都没沾过。"

我沉默了。

常早是那种一根筋的人,不和人开玩笑,也从不撒谎,我认识他时他就这样,他显然被这件事情弄得有点恼火。但这不可能,我的确在王不空那个收音效果不好的电话中听到了常早的声音,他朝人喊绳子什么的,这个不会有错。而且,就算我做白日梦,绳子是我臆想出来的,我历史课烂成渣,最好的成绩不超过三十分,我来这儿才十几天,根本不可能知道何真这个人，不可能知道这里的人七百年前都是东莞人。如果没有人告诉我，我拿什么去臆想出一个活生生的人和一个复杂的家族经历？

现在，我和常早两个人呆在那儿，他坐着，我站着，我俩都觉得事情有点不对，无论他还是我，我俩面对一件蹊跷的事情，而我俩对这件事情都无法负责。

接下去的事情对故事没有什么意义，说了多余，就不说了。

对了，还有一件事情我忘了说，常早借给我住的这套房子，它的结构有点怪。我这么说不是挑剔，更不是说房主和建筑者的坏话，只是某种奇怪的理由，我开始没有介绍清楚。实际上，这套房子的卧室里没有窗户，是完全封闭的四堵墙，厨房和卫生间也没有，好像专门为鼹鼠、土龙、钩盲蛇、蚂蚁，或者囚徒设计的。好在，厅房破了例，有扇单开的窗户，感觉设计师已经做不到完全避开窗户，黔驴技穷，才无可奈何地让窗户出现在那儿。不管怎么说，如果你人在厅房，站到如此宝贵的窗户前，一点也不影响从窗户里看到天空中的云彩，而且拍摄下它们。

2020 年 3 月 8 日
于深圳听山轩

带你们去看灯光秀

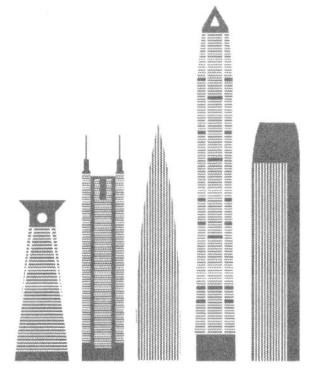

在一座一日千里的城市行驶,每个心里有数的公民都不会因为自己减速而挡住了后面想要提速车辆的道路,不然他会把车拐到路边停下,解开安全带,欠身过去,拥抱住他心力交瘁的妻子,告诉她,没关系,没关系,我们还不老,我们可以从头再来。

整个疫情期间倪秋鸿都忐忑不安，担心事情会搞砸。倪秋鸿担心的不是病毒，他在福田一所中学教语文，热爱古典诗词，对寿命超过34亿年的病毒了解不多，也阻止不了它们。但他知道他妻子杭思嘉和她闺密文小青，她俩和某些怪力乱神的细菌一样不好对付。倪秋鸿担心她俩这次见面会闹出不愉快——这种事不止一次发生过——而这次的见面却无法避免。

当人们被疫情弄得焦头烂额的时候，文小青和杭思嘉却像身处另外一个平行世界，在视频中持续讨论一件事情，在深圳买房。文小青和许森的女儿大宝在新加坡读书，疫情中，一家三口不断纠结大宝是回国避难还是留在星岛抗疫，夫妇俩想离孩子近一点，近到只要孩子动了闯关的念头，登上万元票价的新加坡航空或者捷星航空，一过口岸，他们第一时间就能见到她，陪她"14+7"，陪她哭闹，"黑死病"和"上帝之手"都不能阻止这件事情。如此，文小青决定卖掉洛阳的房子,在深圳买房,建立一座接应女儿的桥头堡。作为文小青最好的闺密,在深圳生活了20年的杭思嘉理所当然成了文小青的置业顾问。

和疫苗的研发几乎同步,在闺密俩经历了长达10个月的方案讨论后,冬季的一天,文小青夫妇终于随着新上市的疫苗一起出现在宝安机场。

"没想到深圳这么热,洛阳冻得连门都不敢出,你们也太享福了吧。"一出航空港,文小青就和杭思嘉热烈地拥抱在一起,"就想早点见到你,我逼许胖提前3天订的票,不信你问许胖。对吧,许胖?"

"一点没错。"许森拘谨地笑了一下,两只大镜片滑落到鼻梁中间。

和几年前比,许森发际线周围的头发更加稀少了,人显得有些臃肿。他推着行李车,冲倪秋鸿羞涩地点点头,没有过来和他握手。防疫措施提醒不要握手,他们夫妇俩也按防疫要求提前做了核酸检测,但真正的原因倪秋鸿心里清楚,许森当年研究生论文没过关,是同门师兄倪秋鸿替他重新梳理了选题,写了开题报告,帮助他补充材料、定稿和准备答辩,为此事许森在师兄面前一直抬不起头——倪秋鸿个头一米八三,高出许森9厘米,俩人握手显得太抢眼。

"别告诉我你们在飞机上吃了垃圾餐。"杭思嘉说,"我让秋鸿在唐宫订了座,粤式茶点就得传统西关味道,我们才不会选择点都德那种概念店呢。对吧，秋鸿？"

"绝对如此。"倪秋鸿微笑着说，"思嘉一直坚持标准。"

倪秋鸿的真实想法是，闺密俩也拥抱得差不多了。一对青春已逝，风韵不再，穿着打扮又过于刻意的中年妇女在往来如鲫的旅客通道上黏作一团，场面并不怎么雅观，过于热烈的肢体缠绵反而会让人联想到岁月不堪制造出的焦虑。

但还能怎么样？杭思嘉和文小青是最好的朋友，她俩同是洛阳东方红锅炉厂子弟，出生时正赶上风沙猖獗的年头，可是，这没拦住俩人都长出一只清水净瓶似的酒窝。对，不是一对，是俩人脸上各有一只。倪秋鸿一直想弄清楚，这和她俩最终成为不离不弃的闺密有没有什么隐秘关系。

杭思嘉和文小青打小就优秀，谁也不让谁，又离不开，整天黏在一起，从子弟学校当正副班长到结婚生子，一直是公开的闺中密友和暗中的竞争对手。问题是，俩人偏偏嫁给了同出师门的倪秋鸿和许森。那会儿倪秋鸿和许森在北师大读研究生，学一门说出来有点奇怪的专业：彩票。文小青最早看上的是倪秋鸿，可倪秋鸿爱杭思嘉，文小青一气之下改向许森发起进攻。倪秋鸿和许森深知，在电脑程序筛选出的号码中，选择最不受人关注的号码，最有可能赢得大奖，可他俩却犯了男人都会犯的经典错误，被相当惹人注目的杭思嘉和文小青勾得五迷三道，双双被拿下。"洛阳女儿对门居，才可颜容十五余"，这就是两个家庭世俗故事的开始。

倪秋鸿把别克JI8开出交费处，驶上回城的高速路。

户外阳光明媚，让人心情舒畅。文小青对南方冬天拥有的幸福资源已经表达过胡塞尔现象学批判了。倪秋鸿希望她忽略阳光的刺激，以便减少不确定的心理活动，不然她会以一个竞技者而非置业者身份投入对杭思嘉的持续攻击。倪秋鸿从后视镜里观察了一下。文小青像一只优秀的瘦肉型番鸭，和像体型小而脂肪发达的清远鸡的许森，俩人奇妙地依偎在后座上。不知何时，文小青已快速地为自己补过妆，此时眉眼开朗，脸色正常。这让倪秋鸿松了口气。

"小青，毛衣脱了，别不好意思。"杭思嘉抿着嘴，让视线离开后视镜。

"还好，没觉得太热，就是座位有点硌。"文小青不安地挪动着身子。

倪秋鸿觉得问题不在这里。上车前，他监督每个人用酒精仔细洗过手、用消毒湿巾擦洗了脸和脖子、换上新口罩、套上一次性鞋套，脱下来的棉衣用塑胶袋封好，放进了后备厢，作为家庭接待办主任，他确定自己没有留下任何后患。他知道问题在哪儿，一见面，闺密俩就斗上了。

"这是我们第二辆车了，你知道，基于环保，我们不打算再换，至少暂时不换。"杭思嘉心知肚明，说这话时她没有看倪秋鸿。

"当然，谁也不会对一个惨遭蹂躏的地球有好感。"文小青口气笃定，这源于闺密俩在长达10个月的深入讨论中对有关政府、大湾区、贸易战、口岸开放和楼市曲线等一系列政策的钻研，让她融入了角色。"但我觉得还是BBA7系坐得更舒服。你说对吧，许胖？"

"那还用说。"许森一副做定臣子的口气，不过，他还是忍不住补充了一句，"主要是零百加速5.39秒，这才是驾控精髓的体现。"

"谁说不是。"杭思嘉抿嘴笑了笑，不予追究。

倪秋鸿暗自笑了。文小青和许森的情况他俩知道，没有权贵之家底子，薪水加一块抵不上杭思嘉的年奖，拿什么加速？倪秋鸿和杭思嘉不同，他俩一个教育，一个医疗，占据了深圳两个重要领域，是这座城市的主流人群。两千万分之二，不显眼，可你忽略掉试试？

"路上差不多50分钟，趁这会儿工夫，给你们汇报一下最近看的两个楼盘。"杭思嘉说。她不希望把时间花费在毫无价值的虚荣事情上，这与深圳精神不匹配。

"不行。"文小青身子往前倾，拦住杭思嘉。看得出她的确有点急躁，也许和杭思嘉脖颈上那颗大溪地黑蝶贝珍珠有关，那是倪秋鸿在杭思嘉45岁生日时用课题奖金送给她的礼物。

"我俩一直说房子的事，也没问问你们过得怎么样，也太自私了，现在说你们的事。"文小青动情地说，"怎么样，深圳一日千里，你们在奔腾年代吧？"

"何止奔腾，简直是光速。你说呢，秋鸿？"杭思嘉看倪秋鸿，算是侧面回应了之前关于BBA7系零百加速5.39秒的问题。

"还用说，情况明摆着。"倪秋鸿不想渲染，他得控制住杭思嘉的节奏。

"累得根本没时间吐血。"杭思嘉有些伤感，这倒不是装，她付出了太多，殚精竭虑，"你没见我黑眼圈？还有秋鸿，好像我俩从熊猫那里偷了DNA。"

"声音合适吧？"倪秋鸿问后座，他指车载音响。他希望杭思嘉的煽情不要过度，对在"春风不识兴亡意，草色年年满故城"的洛阳生活惯了的文小青，事业轨道上的高节奏也是一种刺激。

"好在深圳没有天花板。"杭思嘉完全不接受倪秋鸿的暗示，"听说过天花板这个词吗？据说内地挺忌讳这个词。"

"可不是，和一辈子拿着重叠码一样忌讳。"许森咕哝了一句，很快看了一眼自己的妻子。

"看我干吗，我和思嘉的关系什么话不能说？"文小青瞥了许森一眼，回头亲热地把身子欠向杭思嘉，也不在意瘦弱的肩胛被安全带勒出一道深印，"世界真的看不懂了，都讲新起点。亲，告诉我，新起点在哪儿？"

"你病退不是办下来了吗，怎么，打算复出？"杭思嘉说。

"我对体制生活可没有真爱，反正不可能有更好的结果，认命了。"文小青快嘴快舌，"问题是许胖，遇到又蠢又贪的上司，根本没办法干下去，就是你说的，一头撞在天花板上。"

"老许又打算跳槽？"杭思嘉感兴趣了，"不会吧？"

和倪秋鸿来深后主动换专业不同，许森当年分回老家的体彩中心，因为陷入一场臭名昭著的假球团伙案被除名，以后20年里换了6份工作，这是倪秋鸿和杭思嘉已知的数字。

"真有槽跳就好了，至少单位管五险一金。这回他彻底荣休了，回家和我大眼瞪小眼，我俩整天吵架。"文小青像是被世界得罪惨了，"有件事困扰了我半辈子，就不明白，哎思嘉你说，为啥男人什么事都干不好？"

这消息可不怎么样，放在谁身上都不好受。倪秋鸿有点替后座俩人难过，同时多少替自己的学弟抱不平。要说许森是个能干的男人，他也说不出口，可谁都知道文小青在冤枉许森，叫他操把饭勺去捅哥斯拉他敢，叫他和文小青吵架，他宁肯抹自己脖子。

倪秋鸿朝后视镜里看了一眼。许森在后视镜里忸怩地笑了笑，脸扭到一边，做出对路边大团凤凰花丛下"来了就是深圳人"的大幅标语感兴趣的样子。

"我们没有天花板。"杭思嘉没忍住，兴冲冲说，"秋鸿今年晋升高级教师了，担任语言教研室副主任，主任是主管副校长，实际上秋鸿管事儿。"

"是吗？"后座的人惊讶。

"知道他同事怎么评价这事？一个崭新时代，他们正在征服僵硬的罗湖区教育界。"

"是深圳，老婆，还有世界。"倪秋鸿没憋住这个委屈，"等疫情结束，欧洲喘过气来，我们的交流学生就奔赴德国和英国了。"

"看，我就是容易忽略身边的人。"杭思嘉伸出左手温柔地碰了碰倪秋鸿的右膝盖。

产科大夫的手柔软如荑，倪秋鸿立刻安静下来。她知道他多不容易，为了这一切，在遇到职业瓶颈时他没有犹豫，咬牙转行教育，因此失去了多少乐趣，除了等待手下青年教师上传教案改革报告时打打"第五人格"，他没有任何个人娱乐，连罗伯特·安森·海因莱因的小说都戒掉了。当然，现在这一切都结束了。

"语焉不想留在澳大利亚，说好学业一结束就回国。"杭思嘉有些失望，她希望宝贝女儿留在那个泡在海洋中的岛国，和袋鼠一起快乐地生活，"至于我，没什么新鲜事。"

"还当着副主任医师？"文小青愤愤不平，像是准备出手为闺密讨个说法。

"那是一年前。已经转正了。"杭思嘉不动声色。

"喂，这么大的事为什么瞒着？这不是我俩最大的理想吗？"文小青的声音又尖又细，显得有些夸张，"许胖，明天咱们请思嘉吃饭，为我心中最伟大的大夫办个漂漂亮亮的庆功宴，秋鸿作陪。"

倪秋鸿能理解这种安排。当年杭思嘉和文小青从医学院毕业，说好和倪秋鸿许森一块闯深圳，许森最后时刻放弃，她不得不跟许森回到洛阳，在锅炉厂当了一名计生员。三年前厂子被互联网企业收购改做仓储，医疗外包，文小青买断下岗，梦想从此休矣。杭思嘉不同，工作两年后考了985硕博连读，在博士如云的三甲医院杀出一条血路，无论学历还是事业，闺密俩已经拉开了长长的距离。

"别那么激动。"杭思嘉明显口是心非，"你知道，我就像天下初产妇的亲妈，每个人都恨不能让我把他们了不起的儿女迎接到这个世界上来，忙得有时候我都神情恍惚，觉得这个城市一半小公民是我接生的。"

"太了不起了！亲，我为你骄傲！"文小青说。

不知为什么，倪秋鸿感到隐约不安，他觉得事情有点一边倒，这可不像平时势均力敌的她俩，难道疫情真的改变了世界的平衡？

好在，这对闺密相当自然地完成了过渡，很快进入正题，关于文小青夫妻俩来深圳的目的：买房。

就倪秋鸿所知道的情况，这对闺密在席卷全球的瘟疫中整整讨论了大半年，几乎不可能有什么细节会被忽略。她们的决定相当明确，去他的nCoV毒株、D614G突变、Cluster5变体和501Y.V2变体，去他的中原、链家、贝壳和Q房，她们有足够的能力为自己——为文小青——杭思嘉最好的朋友找到一处逃避世界末日的世外桃源。

"先说个题外话,"杭思嘉胸有成竹,"我觉得宜家风格不适合你们。南方潮气大,传统红木也太浪费。"

"你总那么聪明,一说就说到我心坎上。"文小青在后排发出愉快的笑声,可以肯定,此刻她非常愿意脱下显得多余的毛衣。

"我想好了,你们应该添置一套柚木家具。我是说,一整套。"

"那还用说,必须全套,不然许胖会说我不如别人想得周到。"

"但也不一定,也可以考虑皮质家具。"

"你不会说 Part 牌子吧?"

"就是它。上周我专门去专营店看过。"

"勤打油,处理好防霉,别让皮质变硬——"

"问题是,你不会还像过去那样懒得抽风吧?"

"真是恨死我自己了,比之前更糟糕。"那一位在后座上快乐地摇晃着,"你呢?"

"什么?"

"你家那面墙,我一直没好意思问,咱俩视频时,你身后黄乎乎一片,用的什么墙纸?"

"欧雅。"杭思嘉底气有些不足,"浅米色。你是不是觉得土气?"

"不,只是和你鲜明的风格有点撞。"文小青推心置腹,"不过,那种背景,恰恰让你拥有一种独特的冲击力。"

"你确定?"

倪秋鸿悄悄看了副驾座上的妻子一眼。杭思嘉就像手术时拿错了二分之一弧度的弯圆针,一脸懊恼。她本该直接从手术盘里拿起那根三角针。倪秋鸿心里一块石头落了地。这就对了,现在她俩打了个平手。

倪秋鸿知道妻子藏在内心深处的尊严。杭思嘉从来没有和文小青提起过他们的房子。事实上,他们仍然住在来深 3 年后分期付款买下的一居室里,那是他们当年能够做到的最好结果。他们需要证明能靠自己的努力拥有一切,证明他们当年的选择是对的。20 年过去了,周边城中村陆续改造,因为政策原因,他们一个个成功地摆脱掉他们的那套土拨鼠穴居。每天下班回家,走进他们那个寒碜的老旧小区,他们就像误入了布罗卜丁奈格国里的格列佛。然后时间到了 6 年前,他们不得不在行业整顿中退掉南山的三居室预订,拿回首付款,帮助杭思嘉悉数退回一大摞数目惊人的手术红包,如果不这样——如果杭思嘉不那么在意团队脸面、刑事诉讼和职业虚荣,她完全可以用太阳系的任意颜色打扮他们新家的每一堵墙面。

"不提这个,说你的事。"杭思嘉打起精神,"房子我替你选好了,重点推荐两个楼盘。"

就像迎接一台十月分娩的出色手术,杭思嘉把一切都准备得十分妥帖,她为闺密——当然也包括闺密的丈夫——推荐福田的益田村。那是一座多数人主义建筑群,拥有108栋住家楼宇和7405户人家,听上去就像"佩利·罗丹"系列中的Swarm人工星团。超大盘意味着开发商实力,代表配套保障,这个谁都清楚。美中不足的是,二房户型一开盘就抢光了,剩下少量三房,下手慢了,连这个也剩不下。谁让如今的楼盘具有无穷嵌套能力,而嚷嚷了半天的科技股至今没有战胜楼市。

"不是没有缺点。"杭思嘉口气就像在替闺密考虑是否有必要选择VIP分娩套餐,"我担心你们不需要这么大的空间,毕竟还贷有一定压力。"

后座上两位沉默了。

倪秋鸿同情地向后视镜投去一瞥,看到文小青脸上挂着一种奇怪的僵滞的微笑。他能理解,相当理解。谈到楼盘,他也常常做如此状。不过,优秀的大夫永远会有第二套备案,这一点倪秋鸿非常清楚。他在心里默默对后座两位说,别急啊,别急。

杭思嘉接着介绍另一个楼盘,宝安的桃源居。相当成熟的优质小区,拥有地铁五号线和6个公交车站,教育配套从幼儿园到大学,如果你恰好是卡控,入住的第一天就能在方圆一公里内找到所有叫得出名字的银行。优势是,桃源居有现成的两居室,非常适合爱女心切的中年夫妇做翘盼据点。

"你觉得呢?"文小青干巴巴地问许森。

"你说了算。"许森讨好地回复,"我们一直这样。"

"谁知道大宝以后选择在哪儿生活,我俩以后肯定得跟孩子走。"文小青回应杭思嘉,听得出她心灰意懒,深深陷入了某种难以言表的困窘。

"一居室呢?"杭思嘉有些犹豫,"我光考虑性价比了,你们这种情况,一居室也不是不可以。我再问问有没有二手的一居室,也许有人嫌一日千里太慢,打算去一日万里的地方发展,愿意出让他们的房子。"

后座上的两个人不置一词。后视镜里,文小青的神色让人看不懂,而许森则一脸尴尬,挪动了好几次大镜片。

杭思嘉和倪秋鸿对视一眼。他俩有点愧疚。他们应该知道那两位的底子。那年杭思嘉和倪秋鸿回洛阳过年,许森在位于西关街他祖上的老宅子里设宴,请他们吃"鲤鱼跳龙门",许森大动干戈,亲自上手做菜。杭思嘉和倪秋鸿走进四面漏风的许宅,先被斑驳木门发出的巨大声响吓了一跳,等小心翼翼踩着几乎朽掉的楼梯上楼时,杭思嘉崴断一只鞋跟,鞋跟直接掉到楼下发廊一位顾客脸上。那天菜的味道倪秋鸿还记得,鲤鱼汆老了,汤汁过咸,萝卜雕的龙头没炸透,蔫耷耷搭在盆沿上,龙须浸泡在脏乎乎的汤汁里,要让写下"点额不成龙,归来伴凡鱼"的李白看到,还不活活气死?就算那套梁柱歪歪扭扭、墙上糊满报纸、满屋挂着裸露的电线的老房子已经卖掉,加上分房时代单位分配的筒子楼单间房出售金,也不够这里的两居室首付,你需要借助艾萨克·阿西莫夫的科幻脑子才能想象出,他们要怎么剥皮剔骨才能凑足剩余部分。只怪杭思嘉心诚,太想让闺密住得离口岸近一点,这样他们就能在第一时间拥抱因为烦琐的隔离政策耗到筋疲力尽的可怜女儿,这才让事情出现了失衡。

倪秋鸿能够想象妻子遇到了什么情况。她现在非常孤独,在阳光绮丽的深圳,在返回市里的高速公路上,她正眼睁睁失去生命中最重要的朋友的信任。

"好吧,这样,我们不考虑益田村和桃源居,这样办……"杭思嘉摆脱掉可怕的内心谴责,一副果断选择难产剖宫术的口气。

"我先说。"文小青拦住杭思嘉,有点吞吞吐吐,"我要说了你别怪我。"

"怎么会?"杭思嘉在所有分娩意外中都充当着那个坚定的救命恩人角色,唯独不喜欢为早产孕妇手术,如果可能,她宁愿放弃博士学位也会坚持离开手术台,"还是两居,总不能大宝回来和你们挤一间房,以后孩子处对象了怎么办?我想好了,换成光明或者平湖,那里房价低四成。"

"是这样,"文小青干巴巴地说,"房子我们已经买下了。"

"你说什么?"

杭思嘉吃了一惊。倪秋鸿也一样。杭思嘉扭过头去,想看清谁在说那句话。倪秋鸿没有,他正变线上超车道。

"就是说,我们已经下单了。"

"开什么玩笑?"

"没骗你。合同网签的,订金付了,这次来是看实景。许胖,你说对吧?"

"当然。"许森很高兴有机会说话,他吐出一口长气,目光从窗外收回来,"那还用说。"

"你不会告诉我,你们在东莞和惠州下的单吧?"杭思嘉有点着急,"我知道你们不用上班,有的是时间,可从那儿到口岸少说得一个半小时。"

杭思嘉不光着急,还有些不高兴,为这件事情她付出了多少心血。她连续20年没有睡过一个囫囵觉,却披头散发去看过30个楼盘——倪秋鸿喜欢过干瘾,到处看新发盘的楼盘,然后在朋友圈里或点赞或吐槽,而她因为退红包的事,眼睁睁失去南山的新家,心里落下强烈阴影,从来不陪倪秋鸿去看任何楼盘。

"那倒不用。"文小青有一种不安的负罪感,"我是说时间。我问过,到深圳湾口岸和皇岗口岸的距离都不超过半小时,问得非常仔细才下的单。"

"你们在哪儿买的房?"

"波托菲诺纯水岸。"

"华侨城?"

"177平方米,三房两厅两卫带个大露台。"

倪秋鸿刹了一脚车。一辆出租车没打转向灯变道,差点儿蹭上。他不确定自己听到了什么。那是市中心的超级楼盘,位于深南大道和北环大道之中,南接欢乐谷,东畔天鹅湖,均价 12 万,根本不是人住的地方。

"160 度海天视野,天际音乐厅和室内网球场,虽说是二手,但也值。"文小青摆脱掉羞耻感,开始兴奋起来。倪秋鸿感到后座有什么在膨胀,那是三人座,能装下两千公斤发好的面团。

"说实话,我喜欢 260 平方米五居户型,精装修新房。可许胖说咱们一时半会儿拿不出那么多钱,先凑合着住,有条件了再换。对吧,许胖?"文小青说。

"还用说,你决定。"许森咳嗽一声说。

"出了什么事?你们中彩票了?"杭思嘉相当困惑。

"差不多吧。"后座传来文小青底气十足的笑声。

倪秋鸿把车载音乐关小,让深情的《春天的故事》消失掉。那是他为后座两位特地选择的荣耀曲目,自他们上车后一直在循环播放。接下来的几分钟,他和杭思嘉听到一个只有在跨年演讲中才会露面的财富故事:

老城区拆迁,许森祖上传下来的那套摇摇欲坠的西关街老房子在红线内,他们获得了一笔拆迁款,由此促成了文小青要到深圳买房的决定。这期间,许森办理了离职手续,那天他喝醉了,被文小青赶出家门,在外面游荡了 30 多个小时。这 30 多个小时,有两个小时他用来办理拆迁款领取手续,20 分钟用来做一件看上去他这辈子根本不可能再涉足的事情:彩票。一辈子唯妻子马首是瞻的许森这次犯了浑，借着宿醉负气用拆迁款的35%下注大乐透加奖期彩票，谁知两天后开奖，竟然糊里糊涂中了一千多万。这件事情把许森吓坏了，也把文小青吓坏了，有好几天时间他们连门都不敢出。文小青不断地审许森，问他是否旧疾复发，又惹上了案子，求他告诉她。他发誓不会让她和大宝成为孤儿寡母。许森当然没有惹上案子，一切合法合规，如果非要他说点什么道理，只能说他两年硕士没白读，灵光乍现了。他们还有什么办法？除了第一时间拥抱女儿，他们没有任何别的想法，于是他们决定拿出奖金的一小部分，让许森在大获异彩的彩票领域乘胜追击，其余部分坚定地用在初衷上。

现在，车上的另外两位知道了波托菲诺纯水岸的故事。它具备黑天鹅事件的前两个要素：意外和影响重大。却不具备第三个要素：找不出它发生的理由，让人无法解释和预测。也许因为这个原因，在文小青讲述那个不可思议的故事时，倪秋鸿有两次想回过头去，盯住许森的眼睛，一字一句地问他，是什么促使他胆敢重操旧业，回到一塌糊涂并且毫无前景的彩票专业上去？哦不，他应该问许森，他是不是利用自己为他操刀的大数定律硕士论文重新穿越回上辈子，再次出生在洛阳城一个底层手艺人家里？这家人的祖先在1912年到1949年期间卖过浆面条、炸过小油馍、卤过酱牛肉，甚至短暂卖过鸦片膏，最终在西关街盘下两堵山墙，开了一家名叫"万佛祥云"剃头铺子，又经历过70年，作为许氏家族的单传独子，他继承下它，因而完成了奇迹的第一个环节？

杭思嘉摇了摇头，像是要把一大早在美发厅花大价钱打理的小卷发弄糟糕，然后她缄默了。倪秋鸿猜杭思嘉绝对不会把闺密带到家里去了。她下了多大的决心才决定在家里请闺密夫妇吃一顿自己亲手做的饭。可怜她整整收拾了两个周末，特意把简易电脑桌收掉，腾出狭窄的客厅空间，从网上订购了正规餐桌和成套餐具，换了窗帘，收起鞋套，新添了皮拖鞋。这样她还觉得不够，逼着倪秋鸿把墙上的全家福照片取下来，换上他从学生家长那儿讨来的九成是仿品的名人字画。

"对了，"后座上的人意识到车里的气氛，事情是明摆着，但人心如此，谁遇到这种沧海桑田的巨变，都很难忍住合理的实证愿望，"下午你们要是有时间，能不能陪我们去纯水岸看看？我们想早点看到房子，谁知道会怎么样，现在谁还不吹点牛。"

前座两位，谁都没有回复后座的话。

要发生的事情终于发生了，整件事情就像病毒一样突然出现变异，情况远远超出了倪秋鸿的预料，可他却没来由地松了口气。是的，闺密俩被分割在两个世界里，没有什么可竞争的了。好吧，好吧，事情就是这样，它也该结束了。至于杭思嘉，她不是头一次被生活伤害，她平均每天要为20位生殖系统疾病患者看病，为另外20位患者做

带你们去看灯光秀

影像学或介入方法或穿刺术诊断，接生4个婴儿，其中一个是剖宫产，20年，算一算那是多少次伤害？可他能说什么？他们的4个老人出生在20世纪40年代，都老了，至少两个眼下就得接到身边来照料；他们的孩子也长大了，眼见要回国发展，需要自己的空间；土拨鼠洞穴似的一居室装不下5个人，这是现实。他概论学考的是优，模型学考的是优，接下来，消费者行为学、社会心理学、营销管理学、定价与促销管理学、品牌管理学和渠道管理学一律优加。遗憾的是，彩票专业不教授运气，也不考时代变现，深圳人对彩票不感兴趣，他们感兴趣的是高新科技和风投，于是他只能转行做教师。他们没有赶上1998年的楼市黄金期，错过了2003年和2008年的买房潮，那以后是2015年，列车提速，呼啸而去，没有任何一个站台属于他们，他们再也没有赶上这个一日千里的时代。

问题在于，不是文小青向她最好的闺密隐瞒了在市中心买下豪宅这件事，杭思嘉也一样，她也没有告诉最好的闺密，自己已经决定离开深圳。

是的，杭思嘉和倪秋鸿讨论了两年，在漫长的两年时间里，这几乎成了他们事业之外唯一的家庭议事内容。他们讨论了"洛阳亲友如相问，一片冰心在玉壶"，讨论了"若问古今兴废事，请君只看洛阳城"，他们精疲力竭了，最终决定"白日放歌须纵酒，青春作伴好还乡"，回到洛阳去，找一份适合的工作，带老人逛逛国花园，去关林庙抽个签,下班后顺便去菜场买条活伊鲂,为老人做一道既营养丰富又易于消化的清蒸鲂鱼,岁月如年,送他们一个个归山。罗湖的一居室留给语焉,他们打拼了半辈子,她还要在这座城市里继续打拼,不能让她从零开始——如果她不嫁给某个科企二代或者公务二代,根本不可能在这座城市里安放下自己的床。

谁规定了一个人活一辈子,一定要为一座有着 2300 万人的城市那些没法憋住的产妇接生,再把那些急匆匆长大的孩子培养成适合送到国外去深造的好学生?

没错,这件事情,杭思嘉也瞒住了文小青。

但倪秋鸿不能让车里的空气就这么沉寂着,他得说话,谁让他是家庭接待办主任。

"晚上我带你们去看看灯光秀吧。"倪秋鸿开口说,他没有提下午看房的事,那是他们的物业,他们想去随时都可以,他会送他们去他们愿意去的任何地方,"我带你们去市民中心,那是最佳观看地点。"

倪秋鸿是回过头去,一脸真诚对后座两个人说的。那会儿,车正在等待过福田收费站,停下来没动,他能确保车上所有人的安全。

倪秋鸿说灯光秀的话是认真的。那是世界上最了不起的灯光秀,用了 150 多万套灯源、功率最大的民用激光、阵容最大的无人机队、最强大的设计师团队,它表现了这座城市无与伦比的创造力和永不停歇的脚步。他带杭思嘉去看过一次。杭思嘉不想去,她睡眠不够,想睡觉。倪秋鸿平时一直依妻子,那次没有依。他们被灯光秀表达出的和谐之境和创新之意感动得热泪盈眶,完全说不出话来。他们一直深深地热爱着这座接纳和消化掉自己青春的山海之城,舍不得离开它,他们会永远怀念它。

当然,这些话倪秋鸿没有对文小青夫妻说,是在心里对自己说的。

那以后,他们没有再说话。

车中 4 个人,谁都没有再开口。

别克 JI8 驶进北环大道的车流中。倪秋鸿扭头看了一眼身边的杭思嘉。她一直平静地坐在他身边,好像魂已经从车里失踪了。她脸上有不少细细的皱纹,因为刚才那一下脑袋晃得太厉害,精心打理过的短卷发中露出两截白发。倪秋鸿心里涌出对妻子深深的疼怜。在一座一日千里的城市行驶,每个心里有数的公民都不会因为自己减速而挡住了后面想要提速车辆的道路,不然他会把车拐到路边停下,解开安全带,欠身过去,拥抱住他心力交瘁的妻子,告诉她,没关系,没关系,我们还不老,我们可以从头再来。

2021 年 1 月 7 日
于听山室

纪念日

他站在海边。海潮不断拍打着滩涂。月亮从云层中钻出来了,亮煞眼,海面上银光纠缠,如同星际战争前奏。

隐隐地,他听见一艘独桅大眼渔船的3只布帆被海风牵扯着张满,在潮水裹挟中渐渐远去;又听到一辆钱江QJ150-16R型号摩托车吃力地轰鸣着,在风雪裹挟中渐渐远去。

袁湖蛙沿着幽长的安全通道下楼。25层。袁湖蛙今年25岁。

第三次下。一会儿还得上来。

袁湖蛙连续参加过三届城市马拉松,是"旅行者"户外俱乐部成员,身体壮得像块能贴地飞行的磨刀石,作为"客家食府"的厨师,3公斤的炒勺他能玩出12番花式,4.5公斤的炒锅能颠出仔姜藤壶中那两粒空瓢的,上下楼不是事儿。

但他不爱上上下下。

都怪他运气不好。

这个小区地处大鹏半岛,两成半外籍住户。下午从防疫站回来一对德国工程师夫妻,夫妻俩从法兰克福飞香港,在香港折腾了20天,又在皇岗口岸排了十几个小时队,精疲力竭入了境,在街道防疫站指定酒店留察了一周,两次核检阴性,获准居家隔离,防疫站派车送回小区,监视着上了楼,所经之处立刻消杀,3B栋1单元2号电梯临时关闭,通知说6小时后重新启用。

袁湖蛙正好在3B栋1单元2号电梯25层客户家服务。

两个月前"客家食府"换经理,前任经理走前叮嘱,有份长期合同,内容是每年今天为客户上门做一桌客家菜,要求厨师长服务。菜式不能再传统,技术含量不高,但有个奇怪的条件,按照40年前的样式做,对方出价是市价的两倍,外加四成五服务费,厨师长出台费另算。

这样的话,利润近百分之两百。

新来的经理像中了福字彩,担心服务不到位,特地打电话征求客户意见,酒楼有新研制的网红菜品,紫苏炒花甲、美极鱿鱼筒、三椒水库鱼头,是否换两款?

神秘客人在电话那头耐心听完经理解释菜品,回了声谢谢不用,电话挂上,宴席款随后到账,不然新来的经理会怀疑遇上了骗子。

袁湖蛙下午4点就跟师傅从市里过来了。这份单原来由其他人做,师徒俩都是头回上门。一位西装寸头小年轻在屋里等着,看过师徒俩核检报告,礼貌地吩咐,照惯例,宴席没人吃,菜式严格按单子出品,夜里11点25分准时开席。

袁湖蛙有点蒙,没听懂对方的话,指定厨师长上门服务,费那么大劲办桌宴席,没人吃,干吗花这个冤枉钱?袁湖蛙回头看师傅。师傅邪门的事见得多,头也没抬,说声知道了。

师傅是"客家食府"总厨，高级技师，拿过一大堆专业厨艺大赛奖牌，出过十几本书，在电视台办过美食栏目，是多个专业比赛顾问团成员，三家厨师学校的老师和董事。袁湖蛙是他的学生兼门徒。

西装小年轻走后，师傅也不向徒弟解释，让把车库里的厨具运上来。

袁湖蛙去车库搬厨具，刚才进门时没留意，这会儿才弄清，客户家占25楼半层，三面环海景观，落地窗，全套紫檀雕花家具，不像有人居住。打客厅过时，袁湖蛙见客厅北墙上挂着两幅老旧的炭笔画，画上一男一女，男的二分头，女的梳大辫，两位都年轻，不像这个时代的人。

等袁湖蛙把家什盘上楼，师傅早穿戴好，试过客户家灶具，动手做"麒麟脱胎"。

"麒麟脱胎"是道繁琐菜，材料一大早就收拾好，袁湖蛙一样样从冰袋中取出来，师傅依次将人参填进麻雀肚、麻雀填进鸽子肚、鸽子填进仔母鸡肚、仔母鸡填进乳狗肚、乳狗填进猪肚，雁阵线缝好，装盆，加料酒、葱段、姜片、酱油和红糖包，鸡汤浇盖，进蒸屉，设置好起火时间。

做完这些，师傅脱去工作服，卸下厨师帽，洗了手，吩咐袁湖蛙按程序准备，就走了，去附近游艇会找朋友饮茶。

名师高徒，准备工作不难：涨发品是提前备好的，保温袋现成带过来；吊汤早晨6点起锅熬制，照菜单要求省去白汤，清汤浓汤各制了一锅。袁湖蛙分出一半清汤，筛滤去汤里浮渣，鸡腿去皮剁成肉茸，加葱姜酒，清水中浸泡出血水，放入清汤中旺火加热，手勺顺时针搅，汤将滚要滚时改小火，等汤尘被鸡茸吸附干净，撤去鸡茸，制得一盅澄亮鲜汤。

剩下的活无非上墩子，需要预加工的一样样加工，放进冰箱保鲜。

客户家厨房连着饭厅，大到能玩狗飞碟，两台伊莱克斯四门冰箱带双温操作台，袁湖蛙斫轮应手，不觉得憋屈。材料中没有进口冻品，酒楼规定仍戴手套，这个袁湖蛙做到了。师傅不在，他戴着耳机听许嵩的《我们的恋爱是对生命的严重浪费》，也不觉得累。

等半成品预制完，袁湖蛙备好宾俏，打好葱油，热油和调料入盆归位，水锅、炒勺、手勺、手铲、漏勺、笊篱、网筛和锅筷按师傅操作习惯摆放停当，清洁顺手做了，一切准备停当，就等到点起炉子了。看窗外，夕阳还在海面上悠悠挂着，惹得海水老想去亲嘴，看似能够着，又够不着，急出一脸红。

事先有叮嘱，不能在屋里抽烟。超大露台和三个凉台都不行。

留守老家时袁湖蛙学会了抽烟，烟龄从小学三年级算。不是他一个人抽，村里好几个小伙伴抽，大伙儿一边抽一边掰着手指头算，什么时候长大成人，搭乘一趟G字头列车去到珠江或长江尽头，挣得比只能在视频里见的父母多。等到了厨师学校读书，这个恶习加深了。

袁湖蛙佩服死了师傅——学校叫老师。师傅在袁湖蛙这个年纪就在吉隆坡客家会做厨师，和当年的元首马哈茂德·依斯干达握过手，以后转到香港客家会，给大佬李兆基和郭炳江兄弟做过宴席，天天和明星厮混，手都不愿握。师傅有两个老婆，她们都给他生了儿子。

和师傅比，袁湖蛙觉得自己的经历平凡到寡淡，羞死不冤，焦虑不是一点点。读完一年制中专课程班，他决定走师傅的路，出国发展，咬牙报了"1+2"快捷移民大专班。

点灯熬油混得快捷班毕业，袁湖蛙凑足钱，买了两斤英红九号，恭恭敬敬上门见师傅，请他推荐自己出国做会所。师傅问明白袁湖蛙的志向，留他喝生滚猪肝粥。师傅一边慢悠悠用猪骨、粉肠和干贝熬汤煮粥底，一边给袁湖蛙讲自己的学徒经历，袁湖蛙出国的念头就打消了。

师傅5岁时父母双亡，亲戚不愿养，整天在番禺街头混，饿了就去餐馆酒楼后面捞泔水果腹。师傅捞了10年泔水，混熟了广府菜、潮州菜和东江菜系大厨，闭着眼尝泔水也能分辨后台哪位大厨当班。师傅还混熟了来来往往一拨一拨广府、潮汕和客家商帮，装了一肚子正德年间岭南人私船出海做贸易的故事。师傅筷子尖顶着一丝潮州下粥咸菜，语重心长地指点袁湖蛙，仔，做菜唔系做菜，系烹制人生，一勺颠天下，不然呢？

成长道路漫长，烟瘾憋不住，只能下楼解决，哪知第二次下去就遇到电梯停用。

袁湖蛙听着音乐下楼，按徒步下山时的诀窍，晃晃悠悠，小步慢走，反正不赶时间。

"分手的纪念日是在圣诞的十二点半/Don't hold my hands/I wanna say bye……"许嵩在耳机里伤感地唱。

明天是袁湖蛙的一个纪念日。

许多纪念日中的一个。手机提醒便签上一一记着。

生日、爷爷祭日、领取职称证日、尾灶操勺日、晋升二灶日、处女跑日、处女穿越日，还有首次被污、失贞周年、初恋终结……

明天是逃离袁午豪管制十周年。

袁午豪是袁湖蛙妈妈的丈夫。袁湖蛙这么叫他。

袁午豪到深圳打工的第三年，袁湖蛙出生，过了两年，妈妈也来到深圳。他俩每年过年回鄂州梁子湖叅泗镇老家几天，初五六迎完财神送完穷鬼就返回深圳抢开工利是。有时候厂里忙就不回去，挣加班费。

回梁子湖他俩骑摩托，沿惠深高速北上转赣鄂高速。俩人穿得厚厚的，戴棉手套线帽子，再套上头盔，顶着风雪在车流中穿梭。妈妈坐后座，小山似的双肩包勒在背上，胳膊箍紧丈夫的腰，这样俩人都暖和。

有一年遇到大雪，他俩困在105国道上。很多人弃车徒步，也有冒险死扛结果翻车掉进山沟里的。

妈妈冻得在后座坐不住，袁午豪卸下妈妈身上的行李，腾出一半礼物，拿去路边小卖部换了1圈绳子、2卷保鲜膜、10个卤鸡蛋，让妈妈趁热吃掉5个鸡蛋，自己吃掉另外5个，用保鲜膜把妈妈里外缠结实，再用绳子绑在自己身上。

"困了就睡，莫做噩梦，做噩梦莫踢我刹车。"袁午豪交代妻子。

"嗯哪。"妈妈答。

袁午豪打燃车，跟在两辆铲雪工程车后面，歪歪扭扭地轰油门。妈妈一路睡了醒，醒了睡。大年初二那天他们到家，吃了奶奶补做的年饭，袁午豪就去市里做了手指切除术。

袁湖蛙知道，袁午豪爱他老婆，变态地爱。

袁湖蛙对他俩没有什么印象。也不恨，也不爱。他身边的小伙伴，有的恨，有的爱。

袁湖蛙15岁那年，家里3层楼盖上了，小妹也上了高小。袁午豪辞工不干，带老婆回家承包了一片湖汊，养鱼养蟹养龙虾，供3个孩子上学。

袁午豪总是给袁湖蛙零花钱，袁湖蛙不要，他硬往袁湖蛙兜里塞，但他对袁湖蛙不满意，老打袁湖蛙，说老大读书不用功，带坏两个妹妹，自己白辛苦半辈子。

每次袁午豪给袁湖蛙零花钱，妈妈都扭捏地拦着不让给，每次袁午豪打袁湖蛙，妈妈都拼命地拦着不让打。每次袁午豪都压抑地喝酒，石花大曲一瓶一瓶地灌。

有一次打得太狠，袁午豪差点没把酒瓶子砸在袁湖蛙脑袋上。那天袁湖蛙没回家，躲在水库边咬牙抹泪，琢磨着怎么死，让袁午豪后悔。

第二天天没亮，袁湖蛙就跑去湖汊里下了两网鱼，卖掉换钱，离开鄂州，来到深圳。

袁湖蛙喜欢深圳，又美丽又干净，路上见10个，7个是年轻人，个个收拾得有模有样，脸上带着舍我其谁的神色。他开始有了笑容。他觉得他可以挑选一种不用死，却相当于死掉的办法，不用躲到什么地方想怎么死的问题了。

袁湖蛙靠打工读完两个技能班，19岁揣着中级证进了酒楼，憋着劲从传菜配菜做起，很快做到第一份炒勺，24岁考下高级证，再过6年就能考技师了。

袁湖蛙没有告诉师傅，他的人生楷模并不是师傅，而是"地狱厨师"戈登·拉姆齐。袁湖蛙比戈登·拉姆齐入行早3年，这样算，他会在36岁拥有9间自己的餐厅、生4个孩子、在电视台开办美食节目。

袁湖蛙把逃离鄂州这一天列入纪念日。从领薪水起，每年这一天，他都会给读中学的小妹寄6000块钱（读大学后涨到12000），奶奶寄6000，妈妈和大妹各寄1000。然后他会在游戏厅玩个通宵。

"什么时候回来呀？"妈妈每次都问。

"想都莫想。"他每次都答，然后挂断视频，继续玩。

他一辈子都不会回梁子湖，就算岳武穆在那儿训练过水军他也不回，这个他没有说。

袁湖蛙一次都没和袁午豪说过话。袁湖蛙不恨袁午豪，只可怜袁午豪，他连儿子都没有。

有一次小妹给他打电话，提到袁午豪被蟹苗场的人追债，打得鼻青脸肿。小妹在电话那头哭着说，老头迟早会醉成酒麻木，么办哪！他沉默了一会儿说，湖莲，你责任蛮大，以后瘫在床上，别人不管他，你要管他。

袁湖蛙愿意拿左胳膊发誓，他不恨袁午豪。左胳膊是他身体最值钱的部分，赌输了，他将无法在厨师这一行干下去。

小区依山而建，车库利用了山脚的空间。袁湖蛙下到4层，发现垃圾专管员大叔在那儿和一个年轻的物业管理员说着话，两个人的声音在车库里嗡嗡回响，像不安分的飞去来。

大叔说："我们被垃圾包围了——包围了……包围了……"

那位吃了一惊："不会吧？——不会吧……不会吧……"

"你去蛇口看过？……看过……过……"

"谁？——谁……谁……"

"蛇口港，对面是新界——界……界……"大叔耸耸鼻子，一副厌恶样子，"什么新界，臭界，垃圾山一座挨一座……一座……座座……"

那位一脸的不相信:"你说新界?——新界……界……"

"新界。"大叔肯定,"蛇口这边一样,垃圾处理站满了……了了了……"

"嚯——嚯嚯嚯……"那位脸上露出害怕的神色。

"地上看不清,上天看,一目了然。不光蛇口垃圾满了,燕罗、松岗、坪西、鸭湖、平湖、红花岭、老虎坑、清水河……"大叔像数落家里的孩子。

"家伙!……伙伙伙……"

"知道水池满了会怎么样?……么样……样……"

"往外溢?……溢溢……"

"看得身上成片起疹子,恨不能背着伞包从飞机上跳下来……来……来……"大叔挥舞手臂,像在催促机师赶紧把机头拉起来,离开现场。

袁湖蛙第一次下来抽烟时,大叔也是这套话。

大叔四十来岁,小个儿,瘦,浑身带着要尽快摆脱烦人精明劲儿的决心。袁湖蛙下车库卸家什时,他主动过来张罗,帮助袁湖蛙把厨具搬到电梯间,一边热情地和袁湖蛙攀谈。

袁湖蛙很快弄清楚,大叔是安徽霍山人,5个孩子,在坪山做工装,疫情期间开不了工,不敢闲着,跑了几天网约车,5个月前承包了半岛两个小区垃圾——他在这个小区,老婆在后山小区。

袁湖蛙从大叔那儿学到一门常识：疫情不全是坏事，垃圾分类就是利好消息，和汽车行业拖垮地球资源是坏事，特斯拉就是利好消息一样。

垃圾分类袁湖蛙知道，酒楼办过两次班，好处是减少环境污染、节省土地资源、再生资源利用、提高人价值观念，没有坏处。

袁湖蛙问大叔包一个小区能挣多少。大叔神秘地笑，意思是目光不能这么短浅，年轻人需要学的很多。但大叔很愿意开导袁湖蛙，他指点袁湖蛙注意，在财富大道上，多数人被堵在下水道里，琢磨怎么才能交够社保，原因是他们看不见一条规律，总有几条快车道突然出现在眼前，那就是翻身的机会，而目光短浅的人永远都会待在臭水沟里。

袁湖蛙不反对大叔的观点。酒楼开禁前那几个月，有的员工害怕，陆续辞工走了，等于从窨井盖掉下去，消失在下水道中。袁湖蛙不是这样的人，他坚持住了。他也知道一条规律，只要地球上还有一个人，厨师就有活下去的使命。

袁湖蛙观察大叔的工作岗位。垃圾投放点设在地下车库4层的中段，在7C-3和7C-4之间，收拾得相当整洁，并列排着玻璃、金属、塑料、纸类、织物、电器电子产品、厨余和有害物垃圾箱，一旁还有几盆住户淘汰的年花年橘和两件弃用家具。每来一位丢垃圾的住户，大叔就客客气气问好，在台账本上写下一笔，记上门牌号。

袁湖蛙注意到，大叔身边有一本《垃圾分类与垃圾治理研究》，比酒楼的《厨余垃圾处理问答》明显高档次，用笔密密麻麻画得一道一道。袁湖蛙觉得有些惭愧。

"来了？"大叔客气地和袁湖蛙打招呼。

袁湖蛙答应着，去口袋里掏烟和打火机。抽烟要卸口罩，他不打算突破社交距离。

"用不了多久，丢垃圾就得花钱。"大叔扭头和物业管理员续上话头。

"那你就挣钱了。"那位掏出手机看了一下时间。

"不像现在。"

"比现在挣得多。"

"丁当，小号袋两块。丁当，中号袋五块。丁当丁当，大号袋上称，八块十块不等。"

"这么贵？"

"国家下了决心。"大叔一副发改委发言人口气。

"好日子来了。"那位又看了一下时间，打算离开。

袁湖蛙站得远远的，正吸着烟，来了个蓝色制服妇女，看一眼袁湖蛙，脸拉下来，大步走向袁湖蛙，举起手中的枪对准他脑门，吡叽一声扣动扳机。

袁湖蛙呆住，屏住呼吸听脑门上鲜血溅出的声音，没听见，看对方低头盯着屏显，醒悟过来，是体温探测器。

蓝色制服妇女脸色难看地问袁湖蛙，知不知道经济特区控制吸烟条令第二章第八条,卫健委预防控制工作指导意见第三条。袁湖蛙连忙抱歉地灭掉手中的香烟,戴上口罩。

蓝色制服妇女撇下袁湖蛙,转身去大叔和物业管理员那边,毫不客气地在两个人脑门上各补一枪,场面滑稽。

袁湖蛙听蓝色制服妇女和大叔说话,原来是垃圾分类督导检查工作。袁湖蛙觉得没趣,扭头往外走。没走几步身后吵起来,是妇女督导和大叔为报表的事情吵,物业管理员本来已经离开了,这会儿返回来劝俩人。

师傅回来还有一个多小时,袁湖蛙不急着上楼,乘7C栋4单元1号电梯上到大厅,去了庭院。

天黑了,头顶上悬着一大片钢蓝色云彩,云彩周边挂着几粒满心翘盼的星星,月亮还没出来。袁湖蛙走到无人处,回头看看,取下口罩,重新点上一支烟,狠狠吸了一口。

他吸着烟,没目的地瞎逛。

去年3月份,袁午豪感染了新冠,妈妈哭着给他打电话,要儿子回去救人。袁湖蛙回不去,就算回去也没用,他不认识分管医院床位的人。他要挂电话,妈妈说出了那个秘密:

"个死木头的苕啊,你不是他的伢!"

她以为他不知道。他7岁时就知道,他不是袁午豪亲生的。村里人知道,所以他知道。

村里人还知道一些别的事情。不光袁家。他也知道一些。他觉得豪泗镇就像一个凋敝的电游场景,不真实,还不如电游可靠。

他还知道,他和阿烟长不了。阿烟是他的第三任女友。有一段时间,他觉得她是他的亲人,他也是她的亲人。他告诉阿烟,他不是袁午豪的儿子,不知道是谁的,不想知道。但他想和阿烟结婚,她怀上他们就结,生下他们的儿子,然后他就戒烟,然后就等儿子长大。某一天,某个儿子大摇大摆掏出香烟点燃的时候,他会认真告诉儿子,他是他的儿子,他是他的爸爸。

那次,阿烟笑眯眯看他,再看别处,叹了口气,又叹了口气。他有一种感觉,这说明阿烟不是他的亲人,说明世上亲人很少。

现在,他不打算戒烟了。

小区悬在海湾上,月亮躲在云层中,他走在一条看不清前路的木栈道上,任由它引导,不知不觉,走到海边。

先闻到一股隐隐的沉香味,然后看见不远处,一片海光返照的琼台楼阁,等走到面前才看清,是座玻璃钢圆笠顶凉亭,亭围下是咕唧的海水。

稍后,看清亭子当中亮着几簇忽明忽暗的香头,沉香味来自那里。一旁玻璃钢条凳上,静静地坐着个男人,低头盯着透明的地板,似在看亭子下面涌动的海水。看不清相貌和年纪,昏暗的月光在他颧骨上衬出两朵黑云。

是礼香人。

避开已经来不及了。

"客家食府"也礼香。师傅信佛,讲行规,每天酒楼开市师傅都要上头炷香,然后转头去睡回笼觉,觉睡足起来冲凉饮早茶,抄一段《金刚经》,再来酒楼巡查。

袁湖蛙拜师那次,跪、叩首、祝师傅师母身体健康、敬茶、上礼,香是开场就要上的。

传统节日是大拜,师傅带着大伙儿拜食神,彭祖、伊尹和易牙都拜,拜过食神拜财神,武财神赵公明和关帝爷,文财神比干和范蠡,岁末年头要拜的诸仙更多,五圣、柴荣、财公财母、和合二仙、利市仙官、文昌帝君、沈万三,这些都拜,都上香。

酒楼礼香用的是杂香,拜师也是。亭子里的香,闻着是沉香。

袁湖蛙心想走错了地方。小区住户高雅,人家敬天海神,领天海之气,自己不该冒失闯来,可没等他转身离开,坐在亭子里的男人开口了:

"坐啦,呢度系公共地方嚟嘅,想食烟就食。"

本地话,他听懂了,那人让他坐,想抽烟就抽,随便。

"不了,谢谢。"他说。

"唔使惊啦,"亭子里的男人安慰他,"唔系整蛊作怪,添炷香俾上人咋。"

人家心眼好,说了原因,走反倒不礼貌。袁湖蛙索性迈脚下了台阶,进了亭子,在男子旁边斜身坐下,看清楚,亭子中间台桌上摆着礼香台,香炉下炭火暗红,三只线香在香架上袅袅燃着。

"不是节气,也上香啊?"袁湖蛙客气地问了一句。

"自己屋企嘅事,上炷香俾嗰边嘅老人。"男人起身把线香移了个风口,以免呛住袁湖蛙,移完坐下,索性把事情说清楚,"43年前,我阿爸阿妈食唔饱饭,搭船逃港,就喺呢度上嘅船。"

"这样啊。"袁湖蛙回应。

"我屋企就我一个仔,嗰阵我两岁,佢哋惊我喺海上出事,将我交俾阿伯养,话到嗰边企定脚再返嚟接我。嗰次系我最后一次见到佢哋。"

话说得轻松亲切,不像说一个别离故事。

以后就不说了。袁湖蛙不觉得要问什么,伸长脖子朝海湾里看,那里一片黑礁黑水,没看出什么名堂。两人静静地坐在那里,听脚下一阵阵潮水拍打桩子的声音。

坐了一会儿,袁湖蛙估摸时间该到了,起身冲男人点点头,离开凉亭。路上他想,世上有多少人在家里待不住,用各种方法逃出来,逃得远远的,不再现身?他还想,要不要再抽一支烟?走到大厅门口,烟也没点上。

回到25楼,没多会儿师傅也回来了。

按防疫级别规定,上门服务戴医用口罩,免了防飞沫罩,师徒俩掐着点上灶台,炉火呼呼,炙锅码味,炮凤烹龙。

辅菜归袁湖蛙,盐焗鸡、三杯鸭、红焖肉、博丸烩、炝炒大肠、爆炒牛肚岗、酿豆腐、酿凉瓜、猪油渣炒青菜、猪肉汤、艾粄和芋子包，这些他烹制。

大菜归师傅。"麒麟脱胎"定时蒸上，这会儿已烂香。"盆菜"是半成品，猪皮、猪肚、蚝豉、发菜、虾干、门鳝干、冬菇、萝卜、腐竹和鲮鱼球，码盆加热就行。

"冇睇明？"师傅码着盆，问徒弟。

"缺鲍参、鱼翅、花胶、海蟹和鱿鱼，暗淡无光。"徒弟答。

"40年前冇呢啲靓菜。"师傅指点徒弟，"鸡鸭、狮头鹅、大虾同炆猪肉都净系富贵人家用得起，一般百姓家，呢啲够数喇。"

"师傅来，把今人的讲究去掉。"徒弟答。

"人哋请厨师长，就为呢个。"师傅云淡风轻一句。

徒弟点头，进屋摆桌。客户要求饭桌移进客厅，骨盘、苏菲碟、翅碗、水杯、味碟、红白酒杯、分酒器、醒酒器、长柄汤匙、筷匙架、公筷公匙、酱醋壶、椒盐瓶、毛巾托、牙签，这些全免掉。

透过长长的走廊，袁湖蛙看见走廊尽头起居室里一时多了十好几位，不知道什么时候来的。他们大多是衣着鲜亮的惨绿少年和朝气青年，有几位模样儿标致的青年妇女，各自怀里抱着黄口幼儿，围着一位温文尔雅的中年男人用本地话叽叽喳喳说着什么。中年男人背对客厅这边，看上去很和蔼，嗯嗯嗯答应这个，再嗯嗯嗯答应那个。

袁湖蛙摆好桌，回厨房。离开客厅时，中年男人恰好转过身来，似有若无朝客厅方向看了一眼。他长着一张年轻面孔，貌似娃娃脸，和年龄不相称，好像岁月出了什么问题，他被遗忘在某个时刻了。起居室光源设计得好，屋里就像白天一样自然，只是开了一只角灯，角灯的光线从侧面照过来，在中年男人颧骨上衬出两朵灰云。

袁湖蛙心里咯噔一下。

23点20分，菜品上桌。师傅先走，交代徒弟善后。平头西装年轻人过来，往师傅兜里塞了个红包，手上挂了个沉甸甸的礼品袋，客客气气送到门口。

师傅走后，平头西装年轻人回来，往袁湖蛙兜里塞了个红包，添上一盒"红河道"，客气地请他去小区会所休息，特别交代，会所签过单，一小时后回来收拾东西。

袁湖蛙进厨房，汤鼎换到电炉上，脱去工作服，消毒液洗了手，退出门，卸去鞋套。

走到电梯门口，他发现电梯恢复使用了，又发现香烟和打火机忘在工作服口袋里，心里骂了声自己。

他重新戴上口罩，套上鞋套，转头回去取，忘了摁门铃，推开门，看到以下场面：

围着饭桌，十几个青年少年正纷纷往地板上跪，连抱着幼儿的妇女也腰肢摇曳地往地上跪。中年男人已经恭敬地跪在那里，仰着娃娃脸，目光在北墙两幅年轻男女的炭笔画上。

"阿爸阿妈，个仔接你哋返屋企食餐饭，个仔陪你哋，你哋慢慢食啦。"中年男人说，"你哋睇到啦，佢哋做唔到俾我哋林家冚家铲……"

袁湖蛙轻轻掩上门。熟悉的声音像消失的沉香，湮灭在门后。

他再度脱去鞋套，走进电梯，摁键，抬头看电梯间广告。他猜测身边还有谁，比如病毒，是不是它们也在上上下下，也在看着什么。

电梯下到大厅，他走进庭院，朝海边走去。

他站在海边。海潮不断拍打着滩涂。月亮从云层中钻出来了，亮煞眼，海面上银光纠缠，如同星际战争前奏。

隐隐地，他听见一艘独桅大眼渔船的3只布帆被海风牵扯着张满，在潮水裹挟中渐渐远去；又听到一辆钱江QJ150-16R型号摩托车吃力地轰鸣着，在风雪裹挟中渐渐远去。

他伸手从栈道旁的火焰花树上掐下一片冰凉的叶子，噙在唇间，用力吸，用力吸。

2021年1月31日
于听山室

薯莨的秘密你可能知道

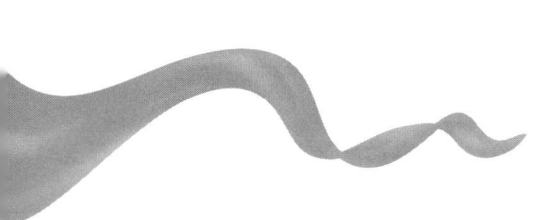

这个世界正在快速滋生新的语言,同时也在快速萎缩和塌陷,唯其如此,程子骞才愿意像他经手的织品一样,脱离风声雨声拔节声,以寡言少语来保护生命的纯粹;对知道这条路径的人,那些仍然坚守着自然法则的植物染、矿物染、酵化贮藏工序中酿化出的神秘九宫格和奇异卵石花纹,它们不是什么秘密。

那些模样儿如先知头颅，带着神秘气质的薯莨，它们在传送带上踝躞而行，次第跌落进粉碎机喇叭口中，被钢刀搅碎，顺着料槽滑入过滤池，沁骨的井水咕噜咕噜涌进池子里，与薯莨碎愉快地交合，沿着乌赭色的竹箩缘泛起粉红色泡沫，鱼眼般的水泡随即破裂，在空气中散发出细碎呢喃。

薯莨真要是先知的头，这会儿它们会怎么想，会有不为人知的念头到处飘逸吗？程子骞闭着眼睛站在过滤槽边想象，嗅觉中慢慢缠绕上酒酿的芬芳，整个人渐趋陶醉。他无声地笑了笑，驱赶开那个怪异的念头，睁开眼睛，视线从堆满薯莨渣的过滤槽旁移开，朝翻腾着一池赤浆的头槽走去。那里，几个刚招进厂的年轻工人搂抱着练漂过的坯绸从库房里出来，秩序井然地送到头槽边。染印师傅阿花带着他的两位徒弟抖开一匹匹坯绸，按编号浸入染槽。程子骞走过去，紧挨着阿花师傅湿透的阔腿裤脚蹲下，看赤色莨汁里，雪白的坯绸像母胎中的婴儿萌样起伏，迅速上色。这只是开始。大棚下递次排开的封水槽中，经过晒莨的坯绸正按照工序依次封莨水，比这更早的坯绸则在巨大的铜锅中惬意地煮着，这样的工序经过多次后才会过河泥。在长达20多天的时间里，坯绸经过数十遍过莨、晒莨、封莨、煮绸、过乌和复乌，在氧化中逐渐变色变性，成为真正的莨绸。

程子骞佝偻下身子，从莨水中拉起一角坯绸，感觉着指间的滑腻。天不亮他就测试完了头道莨水指标，和今天要染的纱绸料一一做了核对，确定无误后才放了工序，此时，坯绸饱吸了富含胶质的莨汁，正处于呼吸阶段。程子骞把沉重的湿坯绸牵扯到耳边，嘴角下意识咧开一道缝，屏住气息，聆听它的呼吸声，却听见晒莨厂西北边那栋米黄色二层楼宿舍里传来朱立果咯咯的笑声。那样嚣张的笑，声音大到别说坯绸的呼吸声，连薯莨搅碎机的轰鸣都没能遮掩住它：

她不是走幺零幺韩团吗？满世界说她家爱豆花路宽，没两天就脱饭改归天朝了？怎么，接不到通告在家抠脚呢吧，还是接了惊天大毒饼？早糊穿地心了她不知道？

晒莨厂建在郊区河流入海口，每年开工八九个月，是程子骞忙碌的时候，最热和最冷的三四个月休场，厂里忙些莨绸出库、坯绸入库、设备维护、备薯莨料的活。休场时程子骞轮休，少半时间回市里公司做方案，多半时间跟着营销经理满世界跑,直到下个晒莨季返回厂里。今年不同,新冠疫情凶狠,政府要求停工封厂,大家都关在家里吃虾酱泡饭,晒莨季过去两个月才解禁复工。一开始大伙儿慌里慌张,一批马来西亚订单出了问题——天气预报说持续大晴天,结果却连下了几场暴雨,两个师傅几个月没领到薪水,闹待遇,交接环节出了问题,那批纬编莨布没有及时下锅煮,上色不匀,损失惨重。程子骞后悔不迭,他决定接下来就待在厂里,若非雨天歇晒,不再回市区公寓。朱立果不干了,她倒不认为程子骞是伪装学渣的学霸,戏精上身,要做将功补过的好员工,可头两个月她被疫情吓坏了,虽说这会儿小区解封了,病毒突然杀回马枪也不是没有可能,几个月时间捞不上程子骞,她铁定出问题。反正晒莨厂也不是什么魍魉出没的坟场,这里风光优美,空气中野蜂仙蝶狂吐蜜香,耳旁海涛声和乱风打架,厂里的伙食由客家林姨置办,赛过"顺德佬"大厨,只要有路由器和辣条,耽误不了音乐剧、霍格沃茨和凹凸大赛,她必须和程子骞待在一起,所以她也搬来晒莨厂,连同她那个咄咄逼人的饭圈社区。

程子骞是染整工程师,的确是学霸。中学时一个偶然机会,程子骞在母亲的一只旧书箱里找到一盘纪录片拷贝,片子的拍摄者是瑞典考古学家约翰·安特森,拍摄时间是20世纪初,地点在中国北方乡村,主角是一位年轻的染布人。染布人面目清秀,头上戴着瓜皮帽,穿一件草青色长褂，摇着拨浪鼓，赶着小毛驴，毛驴背上驮着一摞染好的布捆，走村串乡送布接布。每进一个村子，村里的大婶大嫂就把年轻的染布人团团围住，染布人稔熟地从布捆里翻出布印子，一块块对好交给货主，再接过送染的坯布，铜帽中拔出锯短的关东辽毫，舌头舔湿布印，工工整整记下颜色花样和主人姓名，收进布捆中带回染房。那些染得的布，颜色图案各异，远天似的毛蓝、寂夜似的藏青、窗霜似的水花、发呆的小鸟和张扬的花卉，给程子骞留下深刻印象。他回头去图书馆找来清人编纂的《职方集》和《吴邑志》，读到灰缬法和药斑术，又在沈从文的《中国古代服饰研究》中读到染缬法，为之深深着迷。他说不清是不是因为那些奇异的布匹和图案，促使他最终选择了染整专业。

进了校园后，和臣服于科技万能术的同学们不一样，程子骞对全球张态的染整工艺学新技艺有一种隐隐的间离心，大四实习时，同学们争着去"广丝"和"福田"这样的超级企业，程子骞却一个人跑去北方乡下，寻找失落的民间染技。当他背着行囊，满脸灰尘满身汗渍走进一个荒弃的大院，看到冷落经年的染灶、担缸板、碾布石、卷布轴和麻花板时，他有一种找到亲人遗物的委屈感，站在院子里，眼眶湿润。

大学毕业后，学业优异的程子骞轻松地在"广丝"找到一份工作。接下来，他全部的世界都被锁定在一套由电脑控制的浸轧、汽蒸、水洗、烘干的联合机械上，未来的一切都能看到结果。他觉得自己只是假装正经的傀儡，要终其一生来完成日臻熟练的表演。一年后，他离开"广丝"，转到以新派著称的"德永佳"，可这并没有让他的生活得以改变，他越来越不适应高速发展的染织业，怀疑当初选错了专业。直到一次公司团建，他和同事去了湖南省博物馆，同伴们簇拥在远处，听导游介绍T形帛画和唐摹《兰亭序》，他独自一人踱到马王堆汉墓展区，去看奇妙到没来由的素纱蝉衣。一扭头，在一大堆丝织物中，几片茱萸纹绣样的苎麻染布映入眼帘。说明书上说，那叫夏布，用中国草苎麻染整成。程子骞嘴巴微张着，人杵在那里，完全被两千年前的几片残布震撼了。

当天晚上，程子骞做了一个梦，他在梦中带着一群光着瘦骨嶙峋身子、拒绝穿上衣裳的老人在地里收割齐人高的苎麻，用牛车运回村里，浸剥、漂洗、绩纱、成线、绞团、梳麻、上浆和纺织，植物的秘密一点点解析。那个梦的最后，程子骞从机杼上剪下一片布头，举到月光下看，月光一点点破译出布头，程子骞渐渐看明白：他拇指和食指间捻着的，竟然是血肉鲜活的他自己！

从长沙回来后，程子骞辞掉了"德永佳"的工作，背着行李来到南海边，找到这家名不见经传的茛染厂。厂子属于一家私人投资公司，股东是几个家族兄弟，早期承包高速公路工程，接着做环保产业，以后转做私募和风投，3年前收购了这家濒临倒闭的茛染厂，不为赚钱，只为营造周边环境，借传统手艺名头用用，和做高档会所是一个目的。

朱立果和程子骞不同，她是本地葵涌人，是那种读书时总翘课，吃喝整盅一样不落，成绩却好到让人痛恨的学痞。朱立果读的是艺术设计专业，大三那年玩累了，人空虚到大把掉头发，于是休学做了一年驴友，以后索性退学，回到海边家中做了画手，很快又不耐烦，退出画手赛道，改做同人，写对话体小说。新晋写手，朱立果路人缘却极好，每次内容更新都有奇高的转发量。程子骞看过让朱立果爆红的《小东西》，故事讲的是变性人 Carina 和变性犬 Amy 的诡异遭遇，主仆俩意外感染上外星球病毒，失去视力，也获得了心灵感应能力；接下来俩人的恋人（犬）和亲人（犬）一个接一个被感染，人们因为拥有了心灵感应能力，突然获知大量他人秘密，却又无法接受那些秘密，开始疯狂地相互残杀；Carina 和 Amy 噩梦连连，主仆俩决心销蚀自己的肉体，切断感染源头，阻止罪恶蔓延，化身于无形的意识，在另外一个世界里与恋人和亲人重构生命关系。

读完《小东西》，程子骞差点没笑喷，心想能不能再幼稚一点？可正是这个幼稚的创意，被一家荣耀级游戏公司买断 IP，开发成游戏，朱立果旋即成为同人圈爆款野生先知，不但收入可观，个人社交账号快速涨粉几百万，圈里扬头进出，日子过得相当滋润。一家嗑 CP 的 Sunflower 饭圈盯上了朱立果,极力邀请她担任驻圈话术指导,教粉丝们写如何舔爱豆的文章、写控评、带路偶像评论、做轮博、搏数据。朱立果当红写手,自带话题,用不着给自己加戏蹭流量,可她也不走孤独美学路线,爽快地答应下来,问题是,她天生人来疯,组织能力一流,因为她的加盟,Sunflower饭圈很快化腐朽为神奇,成为圈中的神级CP。

朱立果是凭着嗅觉盯上程子骞,并且吃定他的。那是一年半前,华侨城创业园一个修图控集会上,朱立果和闺密讨论《阴阳师》话题,说急了眼,因而早早离开会场,和闺密到马路边捉对儿厮杀。程子骞蓬松头发耷拉一绺在茫然的额前,双手抄在宽大的休闲裤兜里,埋头从她们身边走过,擦肩而过时,朱立果瞬间感到头晕目眩,轻微中毒那种。那几天朱立果痛经,欲死不得,只觉得有人朝她吹了口气,拽死腰腹打秋千的恶魔撒手逃掉,人顿时轻松得想飞。她乍立腰背,鼻翼快速翕合两下,扭头寻找,只见一片没有重量的散尾葵叶……不,一位面目清瘦的小哥正飘然穿过马路。朱立果撇下同伴拔腿追上去,毫不客气地在马路当中拽住程子骞的胳膊,拉人转身,指尖快速勾住领口,将他带离马路。程子骞被倏忽一带,腰间失度,踉跄两步,撞在一对尖锐的胸脯上。事后他回忆,即使隔着一层卡玛牌纯棉,也能强烈感受到对方身体中散发出的征服力量。但那一刻,程子骞完全没有反应过来,在马路边重新站稳的朱立果稍稍踮脚仰脸,像一条能从两英里外闻到一滴血气味的白鲨，绕着程子骞的脖颈嗅了一圈，两人的关系测定就此完成。

没有人觉得嗅觉参与情感游戏有什么不对，鼹鼠就是这方面的高手，它们依靠气味指纹寻找的目标不只是食物，还有配偶。事实上，程子骞也有同样的天赋，厂里验收薯莨料，他会坚持气味信息的元素，以此辨识薯莨等级，让不少薯莨供应商私底下咬牙切齿。只是，关于异性引诱腺品质的实践课，程子骞是在和朱立果好上之后才修得正果，由此他采取了求证方式——用固相微萃取法提取出薯莨的挥发性成分，经气相色谱—质谱分析，为特级薯莨定出48种气味成分，再用TIC峰面积归一法测定出含量，论文发表在《染整技术》杂志上，到底没有辱没学霸的英名。可是，让程子骞失措的是，自从和他好上，朱立果见异思迁，很快否定了气味介质论。她拿程子骞当摇窝，把他推到地上铺平，按瑜伽单盘姿势一个动作一个动作整理好他，然后舒服地躺进他腿弯里，舔着嘴唇告诉他，治愈痛经的气味倒在其次，他真正的优点是皮肤古朴滑腻，好比一款不易融化、富含单宁酸和胶质的鞣制品，是高级莨绸的顶配，和他纠缠日久，能大大磨炼和强化她的战斗韧性。为了证明她的判断，她仰回头来眼神失焦地盯着程子骞的半边脸，好像有点担心他从高级莨绸变回人形去。话程子骞当然听懂了，他认真想自己皮肤的成分，想是不是要为另一篇论文的技术求证做准备。朱立果等不及程子骞的思考结果，

薯莨的秘密你可能知道

她是公共话语领域的驰骋者，很快把自己的发现发布到闺密群中，扬言程子骞身上藏着薯莨的秘密。被蜜糖般的俗世生活和不可信任的远方折腾得身心分裂的闺密们心知肚明地笑，都认为朱立果说得对，程子骞整天光着身子在晒莨厂里走来走去，和性感的南方骄阳亲热，晒出矿石黑皮肤，若把人捉住，挑一把上好的刀子对半切开，铁定是赤色内瓤，怎么不是薯莨？可那又怎么样，难道凡赤色内瓤的东西就有助于现代女性摆脱贪恋嗔痴，建立圆融淡定的智慧人生，重塑左右不成的价值体系？

朱立果说程子骞身上藏着薯莨的秘密，不是随便说说，两人交欢时，她完全不管程子骞怎么想，深潜进他怀里，手忙脚乱往他骨肉里钻，非要进入他瘦削的身体看看里面藏着什么。程子骞被撕扯得痛彻入骨，汗水流淌一背，却怎么也做不到让身体如水敞开。如此路径，显然有什么不对，朱立果几近崩溃，大哭不已。程子骞感到强烈的挫败，他确定问题不在他这里，他不是一枚开合自如的贝壳，不应该承担责任，可朱立果也不是耽美，她幼虫般冒失的诉求背后隐藏着某种异途秘密。程子骞无从了解，他被满脑子的困惑锁住，一时半会儿找不到交涉的契机。

程子骞从宿舍那边收回视线，发现手中还捏着湿漉漉的坯绸，它在初染中有些谨慎，经阿花师傅宠溺的拍打，试探地泅饮着水分，像某个不期然获知了秘密的少年羞红了脸。程子骞将手中的坯绸小心地送回头槽，起身朝第二个水槽走去。他听见宿舍那边,朱立果的喊叫声继续传来,频率极快,似两只撞击着的柴窑匀瓷,完全听不出交流成分,只有输出与征服:

白嫖是吧?嗑药了吧她?告诉她我家不拖飞机她抢不了C位……不不,他你别伤,他俩是真爱孽缘,没见我家哥哥看他时那副痴汉脸,他俩血红那次我觉得我要死了……

自从加盟Sunflower饭圈后,朱立果秒变泥塑达人,公开场合称Sunflower"我家哥哥",私底下则换成"我女票",听上去那位Sunflower就像一件观念装置作品,全看组装者当天嗑了什么药,神经如何分裂幻象。程子骞大体知道他自己、朱立果和Sunflower之间的关系,他倒没有觉得朱立果有个女化PC有什么不好——朱立果对人生不设限制,什么事都没有常性,仿佛她另有家园,来错了世界,约束太紧的地球并不存在她要寻找的真实人生,因为不适有些害怕,这才不得方法地往他身体里钻,想通过某个特殊通道前往她的应许之地。这样的朱立果别人帮不了,终归要她自己理清线头,好比染整技术,是丝是麻她得在自己的生命数据库里找,只要别最终找不到自己,哪天一脸蒙圈地跑来问他,我是谁?他会由着她。

检查完浸莨工序,程子骞身上全湿了。他看见阿瓜师傅推着绞净的薯莨渣去渣山那边,小车翻倒,薯莨渣洒了一路。他连忙离开浸莨大棚,过去帮忙。

公司收购晒莨厂时，厂里的老人走了一多半，管理混乱，粤、桂、浙、湘的薯莨料来什么用什么。程子骞进公司后，坚持非广东绿步和广西龙州的料不用。新厂长是从别处挖来的，和程子骞一块儿进的公司，懂这个，立马采纳。程子骞又坚持在营销文案中注明薯莨料来源地，这一次公司没依，嫌程子骞矫情，安排人找他谈话，要他把公司管理制度学3遍，做个现代管理制度下的好员工。后来有位祖籍赣州的巴西客商知道了公司莨料来路，要求提供莨料分析文件，同时视频验现货，确定自己订单用的是绿步薯莨，与公司签下长期合同。公司没想到业务增长点居然来自两个汉语方块字，于是对程子骞刮目相看，觉得当初招下这位惜言如金的年轻工程师真是没走眼，以后就在营销文案中，把"绿步"和"龙州"两个原料地名印得大大的。

程子骞帮助阿瓜师傅顺好车，清除完莨渣，去水闸边洗过手，向远处晒莨场走去。路过过乌棚时，他停下来朝棚子里看了一眼。棚子里黑乎乎的，弥漫出磷氮物质的浓烈气味。凌晨两点多他起来过一次，那会儿阿灯师傅正带着几个徒弟忙碌着，快速而匀称地往晒过多遍的胚布上刷河泥，过了乌的胚布会被提去晾在砂石地上，等太阳出来之前，再把过乌绸拖到河里去洗掉河泥。这道工艺需要在黑暗中进行，不能见光。在有机酶的帮助下，河泥中丰富的矿物质会与丝绸产生奇妙的交合，让莨绸拥有其他纺织品不具备的特性。程子骞喜欢看洗乌工序，师傅们浸在半人高的河水中，大呼小叫，有力地挥动胳膊洗绸，搅起一片黑水，那架势，活像一群从伶仃洋游到河口来嬉水的野气十足的海豚。

程子骞在过乌棚前蹲下身子，从地上抬起一小块陈旧河泥，指间稍稍用力，感觉到泥粉侵入指纹的细润。他听见宿舍那头的声音高起来，朱立果像遭到攻击的小母貂，尖锐地喊叫着：

啊啊啊啊直接裂了我打死她！想拉踩呢吧就她那猴样，装宝藏她戏精上身啊？不听不听，她狙我口粮，我屠她广场，让她全网黑！

程子骞听出是怎么回事。几天前，一个叫Jill的饭圈发布自家偶像爆款通告，Sunflower饭圈有人跑去强行安利，盗用人家的应援口号刷自家偶像，双方因此闹出口水。朱立果和Jill饭圈一位职粉签在同一家公司，两人出面协调，Sunflower粉丝道歉退出，Jill不再追究。本来没什么，谁知昨天上午，那位Jill职粉在微博里叽叽歪歪，说朱立果过气胡萝卜不温不火，想带节奏做回锅肉重新出道。这话惹恼了朱立果。朱立果不是玻璃心，却不吃锅气，立刻骂回去，对方意在搏位，等的就是这个，骂得更来劲，两边粉丝护着自家掌门的，双方战成一团，很快捐上了双方圈里真身。照此看，事态变得严重了，说不定双方真酿成一场街战，朱立果正忙着战斗呢。

程子骞绕过过鸟棚，朝备整库房走去。今年火灾虫灾水灾加病毒，整个地球和人都不对。疫情解禁第二天程子骞赶到厂里，忐忑不安地卸锁查看坯布，看到白到虚弱的坯布一匹匹毫无精神地躺在木架上发呆，他眼圈红了。好在疫情控制住，有几个不成样子的台风也都去了其他方向，本地雨水不密，天晴得讨喜，适合抢晒。程子骞今天的工作量满，重点是抢染一批电力纺真丝细花绸。真丝绸缎面料光洁，条分细，结构密，染茛时极易出现掺染，导致日后脱茛，传统晒茛工艺一直没有处理好这个难题。程子骞使用的是静电工艺加强茛汁渗透和附着力，因为没有保全住茛绸全尊，他深感羞愧，今天他要全程陪护这批受了委屈的坯绸。

　　今天还有一批欧洲订单的茛绸要出库。照说事情不归程子骞管，这批货去年底就完成了磨砂工序，对方催着提单，程子骞听说货是北欧某王室采购的，顺手查了一下，发现中介是位丹麦华裔，欺负客户不懂行，多次侵害客户利益，而这批货按合同要到今年2月份才清单。程子骞不是茛绸的使用者，能做的只是尽可能送茛绸走好最后一程。于是他说服公司延期交货，不支持不良商的投机习惯。公司靠代理吃饭，没有采纳程子骞的建议。程子骞也不争辩，在他的权限内加了一道窖藏酵化工序。谁知这一加就遇上了疫情，货一时发不出去，幸亏对方没有要求退合同，否则公司的损失就大了。

另外，公司在准备米兰展，涉及几款新推出的彩绘苎丝绸。之前程子骞拿到生产单，就觉得前卫风格设计不对路，询问公司。公司解释，疫情对 VC-PE 行业冲击大，好几个项目面临崩盘，公司不能坐以待毙，决定突围，花大价钱请来金梭奖设计师，要的就是标新立异，设计方面的事不用怀疑。程子骞据理力争，申明金梭奖设计师不是世卫组织专员，贵为卡尔文·克莱恩和三宅一生也未必熟悉神秘的苎绸，加利亚诺理念并不能发挥苎绸的特长，大比差用色反而会让苎绸独有的褶痕出现暗脏效果，冲击两大，不能让苎绸莫名背上新冠的蓝色棘突。公司脑子坏了，听不进去，要程子骞管好染整环节，别的不用操心。结果，第一批面料小样晒出，程子骞就知道砸了，米兰方面代理商收到小样后果然表示不满意，要求提供新的小样，并且修改合同，介入方案设计。

那天朱立果刚搬进厂里，程子骞和厂长在办公室和公司方面开视频会，朱立果从楼上宿舍晃悠下来，两条细瘦的光腿套在肥大的拼接系七分裤里，嘴里吧嗒吧嗒嚼着牛板筋，听见程子骞说话，探头朝办公室里看了一眼。就那一眼，改变世界的革命到来了：

不是我故意当视奸啊，笑死我了这狗屎画手，能不能脑子打开晒晒太阳啊？小众文化只配圈地自萌没人想知道好吗，达·芬奇的米兰耶，人家本尊在米兰当过军事工程师，你外链网站做营销号想去逗他发笑未必？

公司营销副总在屏幕上呛住发言,程子骞和厂长吃惊地回头看朱立果,没人听懂她在说什么。朱立果像被人当场逮住的偷吃鬼,嘴角涂着长长两道猩红的辣色,见云上线下一众人看她,立刻把悬在额头上的口罩拉下来戴好,一缩脖子溜掉了。

用不着吩咐,来劲的朱立果主动抢了米兰展面料的概念设计活,嚷嚷着说她来做。没有人当真,不说她与面料设计隔着一个大学肄业,就算真的拿到毕业证,她学的专业离莨绸十万八千里,根本不对路子。朱立果装神弄鬼地熬了几夜,那天晚上,程子骞裹着毛巾从浴室出来,见她像条慵懒的八爪鱼,身体摊开,舒服地趴在电脑桌上给某个爱豆打电话:

不管不管多担你就多担,我当我的逆苏粉我就精分了怎么着吧,就想你投入我怀里打着哈欠看你撒娇……

电话切静音,头一扭,原地换一面脸贴在桌上,身体仍四张八押地挂在桌角,对另一只话筒那边的客服讲电话:

不好意思我不想误伤谁,只不过之前冲动消费现在要及时止损和你家沟通退款。别拦我,不是举报这种产品用不惯没有必要你说对呢吧?

程子骞朝朱立果挑染了一绺紫罗兰色的露耳发脑袋旁亮着的电脑屏投去一瞥,屏幕上滚动着一连串峨眉佛光概念图,大块的七色光与不规整的幻景相映成趣,程子骞眼前一亮,立刻判断,朱立果找到了莨绸神秘感和市场亲和力的神妙关系,屠了公司用大价钱请来的设计师。

上司收到程子骞转来的概念图,没看出什么道道,转给米兰方面的代理。代理那天在拿破仑大街参加一场品牌发布会,会刚开就被冲进来的宪兵搅和了,刚回家就有点拉肚子,正怀疑是发布会上的调味饭惹的祸,还是真染上了新冠,人蹲在马桶上思忖要不要打118,顺手刷开平板看了一眼,兴奋得一跃而起,差点没被褪到脚弯的裤子绊个当场脑梗。

这个结果程子骞预料到了。朱立果在自家饭圈有着无上尊位,大家供着她,可她呢,既不守爱豆营销,也不去前线打杂,从来不干买周边、租广告位、做公益和投票的粗活,可是,憋不住她兴趣广泛,人生中基本没有本命,见什么喜欢什么,老干爬墙的勾当,毫无忠贞二字可言,只要她盯上的事情,行不行她都要插上一手,而且不得不说,她就是上天派来给人间添事的,插手的事一般都有大动静。

朱立果是那种既有料又有趣,让人很愿意一辈子和她纠缠下去的人,有充分理由不活在吃腿肉的世界里。可是,接下来,程子骞的灾难就到来了。公司追着和朱立果签合同,要程子骞尽快催女友完成定稿,朱立果却像忘了这件事,整天锁着眉头更新一部女性瘾者的同人文,不搭理程子骞。她不光忙创作,还新接了两个活,替漫威变种人社区写故事,替一个追番圈筹备网课。程子骞问紧了,她就抱怨自己的illustrator和CorelDRAW不好用，要换韩版Ja－CAD软件，一会儿又甩锅磁性底座、格子网、柔性线和涂色笔有问题，总之理由充分。程子骞花光当月薪水，默默地替朱立果卜载了正版软件，购齐全套新工具，助燃的泰国红牛和菠啤码在电脑台下，助理工作做到了家。朱立果又嫌程子骞催命鬼变种职操警察，存心害死自己，抓过耳塞堵牢听道，程子骞站在面前她浑当没看见。程子骞静静地观察朱立果，心想，世界这么大，讲道理的缘分并不容易遇上，自己迷恋唯一存世的纯植物和矿物染，宁愿与那些美丽的织物一同在岁月悠长的储藏中慢慢发酵，分明不属于苟且之人，怎么就会喜欢上一天八变的朱立果？

  太阳快当顶了，程子骞来到晒场上。晒场是斑斓的世界，刚刚出槽的莨绸一匹匹铺在草地上，在碎玻璃似的光照下，像一条条粉红色溪流，间或有先下染的莨绸浓淡不一，让晒场变得异常活泼。晒场又是个巨大的演出季舞台，师傅们顶着烈日在晒场上忙碌不停：捆布的猿臂掠空，抖出长长的绸浪；踢杆的腿脚翻飞，数丈长的竹竿凌空腾挪；收绸的手如机梭，二三十米长的坯绸眨眼间整齐地折叠进怀里。晒莨厂是男人的天下，晒莨季气温多在三四十摄氏度，阳光直曝，师傅们不穿上衣，光着油光铜亮的上身劳作。几十年前有过一些行业忌讳，慢慢地都让科学消除了，主要晒莨是力气活——半夜里过乌，天不亮洗泥，雾散尽前练漂，煮坯洗泥都是重活，太阳一出晒场就空不下来，坯绸要不断被莨水,每隔十来分钟完成一次晾晒,坯绸边晒边收。如此往复,一天十来个小时下来,累得脱层皮,除了煮饭烧菜,其他活女人干不了。

程子骞熟练地马步式跳跃,赤脚在莨布间移动,观察莨布上色情况。莨绸大多水分渐去,在风中微微翕动,呼吸声此起彼伏。几个师傅抱着莨水壶,转着90度圈快速往坯绸上洒莨水,用葵叶蘸着莨水补匀。莨水溅到程子骞小腿上,痒酥酥的。暖烘烘的风从海上过来,华丽地攀上护坡,气宇轩昂地蹚过草地。

程子骞来到晒场边,在一批莨布前蹲下身子,用指尖试了试潮湿的绸匹。这是一批彩绘绸,过染了20多次,随着日光反复曝晒,坯布中莨水的单宁物质逐渐随水分蒸发掉,由童稚长成青年,做好了同河泥中矿物质交合的准备,可以过乌了。

午饭时,朱立果没有下楼吃饭。程子骞盘算了一下,不算朱立果耽搁的米兰展的事,今天他能把计划里的事情处理完。他找林姨要了一份蒜蓉紫背菜,一份虾仁炒凉瓜,一盅无花果炖猪䐁汤,半只隔水蒸紫薯,给朱立果端上楼。一进门,见朱立果蓬头垢面,脸几乎贴到了电脑屏幕上,正声嘶力竭地杀得腥风血雨:

人家打的是吉哈德要上垒屠了咱们好吧,你拖莱辛出来打手枪有屁用!赶紧组织街垒让人上去打Call,叫几个码字利索的去哥哥微博下控住别被人家骂得太惨……

程子骞在一旁看了一会儿，看出来了。

上午双方骂战时，Sunflower饭圈一位生活在巴黎的粉丝自作聪明打出七月革命旗帜，上传了德拉克罗瓦那幅《自由引导人民》，画中女战士莱辛修成朱立果的瘦削脸，三色旗修成Sunflower招贴，画一贴出，Sunflower饭圈的粉丝轰地激励起来，也是在家里关了几个月，关出了深深的焦虑和愤怒，粉丝们根本不用朱立果开课，纷纷开启举报模式，把Jill涉及违禁的材料投诉给网管部门，两个小时前，Jill的域名惨遭网管部门封禁。Jill被墙，丢了家园，哀声一片，恶自胆边生，开始散兵线报复性反击，进入Sunflower饭圈街战。本来和其他人不相干，可事情涉及举报炸网站，相当于把人家从安全的家里赶到毫无防御条件的大街上，让人家暴露在肆虐的病毒下，等于是法西斯灭族，一下子惹出同人圈众怒，几十家饭圈纷纷路人转黑，蜂拥而至，加入狂暴砍杀Sunflower饭圈的战斗，而且直接把矛头指向Sunflower正主。这不是朱立果要的结果，大家都是本命魔咒，禁了足，封了嘴，亲人不能相见，肉身苟且，亏得有互联网逃生舱，大家得以灵魂幸存，吵架只当游戏。她最恨玩举报工具这种事，可人不是一个灵感妈生的，自家粉丝脆弱，get不到共同家园恐惧，豆瓣八组的长篇分析也没有用，天国瓦解，世界分裂。朱立果只能抖擞精神组织抵抗，一项项布置任务：

谁都不许打瞌睡，先洗广场、保商务、护评论、降热搜,打分APP和剧的事先放下,花絮里的糖留着不会跑,守住官宣,不要在评论区吵,点赞自家就好,把哥哥大名热搜降下来,不要再上药,不然真的控不住了!

看来无论有没有喜欢的凉瓜和紫背菜,朱立果都不会吃午饭了。程子骞静悄悄退出宿舍,掩上门,下了楼,说声对唔住,食物原封不动送回给林姨,去了贮料库。

程子骞有个习惯,没事时喜欢安静地和薯莨待一会儿。薯莨有不少朴素的别名,赭魁、茹榔、红药子、山猪薯,其中一个叫孩儿血,中医叫血母,指母亲孕育胎儿的器官。程子骞不知道自己出生前的事情,他有个叫七宝的小学同学知道。七宝学习成绩差,不受老师和同学待见,和程子骞却是好朋友。只有程子骞知道,七宝是因为时常做噩梦,学习成绩才差的。七宝把噩梦当作童年友谊的礼物讲给程子骞听,在那些梦中,七宝生活在北方边疆一座冰天雪地的小镇上,和几个小伙伴做着一些古灵精怪的事情。程子骞很羡慕七宝的梦,他也想拥有几个禀性奇异的伙伴,和他们一起做匪夷所思的事情,可是,他没有做噩梦的能力,为此他沮丧了很长一段时间。七宝的父母知道儿子的噩梦,他们是江南人,从未在北方生活过,对儿子的梦自然不放在心上。后来老师不断约谈,指责大人不关心孩子的学习成绩,父母才带七宝去看了精神科医生。七宝生产顺利,十二对脑神经发育正常,颅脑从未受到过损伤,医生解释不了他的情况,建议七宝父母带孩子去他梦中的边疆小镇看看。结果一去，七宝父母吓坏了——七宝径直带父母去见了他噩梦中的小伙伴，他们都在，只是年龄比七宝大不少，个个七老八十。据他们回忆，七宝提到的那些事情，他们确实经历过。

小学毕业后，程子骞再也没有见过七宝。程子骞3岁以后也没有见过自己的父亲。他3岁时父亲离开了家，他是母亲养大的。母亲告诉他，父亲在完成一项国家交代的重要任务，不能回家。七宝同学给程子骞讲噩梦那几年，程子骞每个月都能收到一封父亲从不同地方寄给他的信。父亲要儿子好好学习，听妈妈的话，别惹妈妈伤心。程子骞12岁时，母亲带一位叔叔回家，叔叔对程子骞很亲切，还给他系鞋带。没多久，叔叔就带着一只大大的工具箱住进家里，把家里从里到外修整如新，家里顿时变了样，电灯明亮、水龙头不再滴漏、门不再发出吱呀声。母亲做什么事都征求叔叔的意见，还给他织毛衣。叔叔很能干，不光兴致勃勃地做母亲喜欢的老八样本帮菜，还耐心地教程子骞怎么写作文。正是他手把手教程子骞如何审题、立意时的笔迹，暴露了父亲来信这件事情的真相。母亲流着泪承认，父亲的信是叔叔写的，托单位出差的人从外地寄回来。让她庆幸的是，程子骞并没有为此大吵大闹，非常安静地接受了父亲就此从他的生活中彻底消失这个现实。

母亲是医生，敬职敬业。有一次，她用冰桶从医院提回一样东西，在厨房里炖了，端进卧室，让刚刚下班回家的叔叔吃掉。母亲做这件事情时，全程偷偷摸摸，厨房门关着，卧室门也关着，像是在做见不得人的事情。长大以后程子骞才知道，母亲让叔叔吃掉的那个东西，中医叫血母。

冬春禁足那几个月朱立果十分焦虑，有一天她突然问程子骞，想不想和她生个孩子。话问得突然，程子骞没有明白意思，安静地等朱立果把后面的话说出来。朱立果的意思是，地球就要毁灭了，要是不甘就得生孩子，生出来送到开普勒-438b或者62e行星上存着。可结婚这件事情代言体系过于复杂，她只想玩自家产品，生个女孩，自己生，她死了女孩还活在这个废墟上，她则在自己的茧房里获得永生。如果程子骞境界同趋，她会考虑接受他献精。

这件事情最终没有结果。一方面朱立果断定程子骞不属于暹罗、爪哇、苏门答腊之类的不征诸夷，不会吃册封、羁縻和朝贡那一套，也就免了对他使用威逼利诱的手段；另一方面她的焦虑很快找到了宣泄处——她决定战胜病毒，逆转时间洪流造成的灾难，让死去的人们复生，于是迷上了黑暗组织，为自己设计了一袭"如乌鸦般漆黑"的惊艳战袍，还给自己起了个特别俗气的鸡尾酒名字：Black Bitch。对于既是上帝也是魔鬼组织的一员，她完全没有耐心接受寿命过于短暂的朝贡品。

程子骞在莨料库里坐着，仓房里的空气比边检关口的空气安全百倍，他心无旁骛地扩张开肺，静静地呼吸了一阵，然后心满意足地出门，去隔壁出料车间。下午大半时间他都待在出料车间检查出品。经过最后摊雾、拉幅和整装的面料会很快送去市里，对小样进行耐皂洗、摩擦、氯水、漂色、干洗、海水、唾液和实际洗色牢度标准检验，然后打单入库储藏，这是他和它们一一告别的时候。

  程子骞越来越喜欢他的工作。晒莨不像机器染整，出活率极低，每段莨料都是天赋生命，没有一匹是相同的熟脸，甚至同一匹面料的不同幅段也姿色各异，独一无二。晒莨环节，人和莨坯相处的时间短则20天，长则两三个月，莨料成活时间则各有不同，市面上大多是速成莨料。真正的上等莨绸不一样，那是慢活，还要加上磨砂和长时间的储藏发酵，人与面料厮守的时间，超过人类靠苯基乙胺、多巴胺、内啡肽、去甲肾上腺素和后叶加压素/脑下垂体后叶荷尔蒙支持的恋爱保鲜期。朱立果认为，像程子骞这种身板弱到让人疼惜的男子，却有着强悍的意志力，和人交流时眼神直给，从不躲闪，不撒娇，不说我不行，你可以把这叫态度；譬如染整，有着一套反复水洗和烘干过程，对水质的要求非常高，热能消耗大，程子骞在其中浸染得太久，自然少了一股戾气，多了一份清凉。这样的程子骞无需保鲜，需要逆研究。这项工序，最好由兴致满满的她通过持续的勘探来完成。至于程子骞言语少，不爱说话，朱立果经过一年半时间的认证后得出结论，那是因为他是蚕丝、毛织和针织物的天配，它们极易变形，这有点像她，他能够减少张力，管控住具有极大的破坏力的语言，不然她就变形给他看。

　　这本来没什么,但话到了朱立果嘴里就变了味道。有天晚上,朱立果和程子骞在晒场草地上起腻,要程子骞在月光下盘腿坐好,她坐进程子骞腿弯里,捧着他的脸夸张地对他说,知道我有多狗你,你不说话的时候就像月光,冷漠我一脸,酷盖死了。记得有一次我俩吵架,你3天没和我说一句话,我完全受不了这个,真是心空到没着落,只好把你睡了。朱立果说完这话就落泪了,脑袋埋进程子骞怀里,用牙齿咬着程子骞的肩头放声大哭。程子骞盘腿坐在那儿,肩头痛彻入骨,但他没有安抚朱立果,不知如何安慰。他仰头看天上,月亮静静地悬在那儿,也没说话。

　　从出料车间出来,天色已近黄昏,程子骞去了晒场。落日下,晒场上大多莨料都收进库房了,只剩下摊雾料,工序按行规选择在太阳下山前后几十分钟时间。手里没活的师傅都来到晒场边,勾肩搭背,微笑着看坯绸舒坦地仰躺在草地上,它们静静吸收着傍晚时分青草吐出的露气,一点点软化,最终会在太阳落山后活过来,成为美丽莨绸。程子骞伫立在师傅们当中,身上散发出强烈的阳光味道,赤裸的皮肤与身边人相触,静静地看莨绸羽化。经过两年多打磨,他对莨水、阳光、温度、矿泥、草露、空气和风已经有了相当的心得。他一直在寻找最终的染整之道,那种完全天然的附着力物质和方式。他相信它们存在于这个世界,他会找到它们。

最后一抹晚霞消失在城市天际线下，程子骞去宿舍楼看了看，知道了情况。在一大拨同仇敌忾的同人圈勇士攻打下，Sunflower饭圈全面败溃，惨遭屠门。Sunflower经纪公司急了，一度让自己人下场控评，结果引来更多攻击，黑粉仍在源源不断赶来，经纪公司准备放致歉书，要求饭圈这边配合危机公关，尽快解决毒瘤，保全正主。饭圈粉头——朱立果闺密——哭着喊着和朱立果通视频，表示不得不忍痛切割群体，将事件关键人物朱立果驱逐出社区。朱立果成了路易十六，被推上断头台，傲气的她无法接受这个事实，一气之下删除了自己全部作品和博文，公号和微博头像换成黑色，宣布了自己的"赛博死亡"。

天黑尽，师傅们下班返回镇上，厂里一片寂静。程子骞在林姨留下的食物中弄了个拼盘，端上楼，放在电脑桌上，去楼下卫生间冲过凉，套上干净T恤下了楼。他不会打搅朱立果。朱立果把自己关在楼上卫生间里。她拒绝人心疼。她需要维护自由和放逐的尊严，包括一个人痛哭地待上一段时间，再猛嚼一气辣条，恢复阳气，往生成另外一个让人眼晕的生命。

程子骞穿过夜色中的晒莨厂，沿着小路来到河边，在坡地上坐下。草地一片墨绿，与天空中的繁星相映成趣，河水闪烁着银光流向大海，几只缩着脖子的牛背鹭栖落在河口的蚝田木桩上，天黑前它们吃饱了幼仔鱼，不再理会爬上滩涂上的栉孔扇贝。程子骞能感觉到那些借着夜色爬出泥洞的贝类生命的呼吸，可惜，他不是开合自如的它们，无法对朱立果全然打开，对世界全然打开，因此他的世界很少有人知道——比如少年时期他在母亲箱子中找到的那部纪录片，片子中那个20世纪初中国北方乡村年轻的染布人，他就是程子骞的曾祖父。程子骞对父亲的相貌毫无印象，他猜测父亲应当和曾祖父模样差不多。而且，他不爱说话并非朱立果理解的那么复杂，不过是那部默片中祖父没有留下声音，就像人们在长大以后，发现他们失去了很多东西，是因为他们在基因中没有找到那些内容，他们要么修补基因库，要么重新建立。这个世界正在快速滋生新的语言，同时也在快速萎缩和塌陷，唯其如此，程子骞才愿意像他经手的织品一样，脱离风声雨声拔节声，以寡言少语来保护生命的纯粹；对知道这条路径的人，那些仍然坚守着自然法则的植物染、矿物染、酵化贮藏工序中酿化出的神秘九宫格和奇异卵石花纹，它们不是什么秘密。

　　脚边的手机此刻播放着一首法文歌曲，程子骞静静聆听：

> 如果他也会想念我该多好
> 只需要一个电话让我明白
> 我不是无缘无故来到这个世界
> 我想告诉他那些童年时光
> 他缺席的每一天我如何度过

如何打破密布的沉静

我想对远方的他诉说

我是如何独自学会保护自己

就像我无法停止想念他

他能否偶尔也想想我

有一天他托人捎信来告诉我

缺少疼爱不是我的错

我只祈求他让我对他说

我可以思念他那该有多好

我想对他说

除了这点奢求其他一切都好

我什么都不缺

除了缺少一个父亲

……

差不多每天晚上，程子骞都会听一遍这首歌。Calogero 的轻摇滚和 Vox Angeli 的天籁之声，这两个版本他都喜欢。在他看来，他和他们的声音全都符合他的心情。

2020 年 3 月 30 日
于听山室

花朵脸

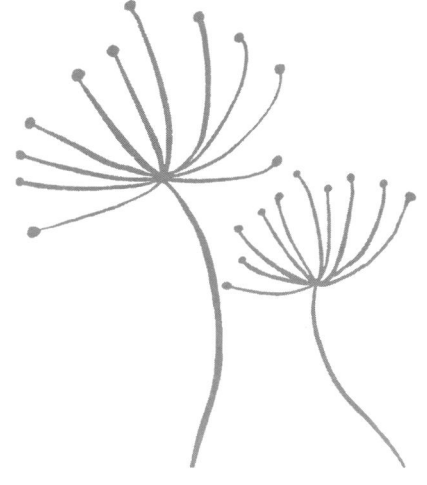

这两座城市就像鰕虎鱼和枪虾、蜜蜂和刺槐、根瘤菌和赤豆,谁缺了谁都活不下去,上十万深港跨境恋,你当是什么,当事人需要用上成套的毅力和技巧,哪一点没用上关系就会垮掉,考验非常大,真的很辛苦。

那对母女在疲倦地等待过境时，童尔岚刚刚下夜班，准备去停车场乘车回市区。

早上八点十五分，童尔岚交接完岗位，进入口岸人员消杀点。她卸下护目镜和防护服，与鞋套一起放进收纳袋，再取下手套放入，拉上袋子拉链，制服收进另一只写有她姓名的收纳袋，两只收纳袋分别放进收容桶。接下来她进入氯气室做消杀，再进入浴室冲洗，出来换上便装，散开湿发，一口气饮下 550mL 矿泉水，匆匆往嘴里填了一只麦香包，戴上口罩，走出口岸人员休息区。

童尔岚在那个时候看见那对妇女。

她俩站在出入境大厅入口处，守着一只 33 寸和一只 20 寸的宝蓝色箱子，年轻那位二十六七岁，容貌清秀，瘦而高，年长那位约摸五十出头，个头小巧，一头黑色短发梳理得整整齐齐，前者把后者护在胳膊肘里，俩人相貌有明显的基因痕迹，像是母女。

疫情前深港口岸每天出入境人员几十万，车辆上万，如今罗湖、沙头角、文锦渡、皇岗、福田和落马洲口岸关闭，只留下深圳湾口岸，获准通关的人压缩到几千。即使如此，此时大厅里已经有几百位归心如焚的旅客在等待出境，人流还在不断增加，那对妇女被过往的人流挤到墙角，看上去相当难受，显得有些焦虑。童尔岚觉得应该有人过去帮助一下她俩，引导她们到等候出境的队伍中去，可她已经下班了。童尔岚没有推卸责任的意思，疫情期间，口岸通关流程增加了数倍，虽说开年后边检人员就第一批注射了疫苗，但当班时仍要穿厚厚的防护服，呼吸不畅，整个工作期间不能吃饭饮水，何况是时差颠倒的夜班，她累极了。

童尔岚从那对疑似母女身边走过。她看见年轻的那位手里举着只保温杯，挤过人群朝这边跑来，现在看清楚了，女孩有一双岩羊般清澈的眼睛。年纪大的那位坐在大箱子上，她看了童尔岚一眼。她有一张花朵般的脸，眉宇开朗，眼神脱俗；她的眼睛是那种眼角上扬的丹凤眼，年轻那位的眼睛明显来自她的基因，这吸引了童尔岚的注意。童尔岚不知道为什么自己会有"花朵般的脸"这个印象。通常情况下，女人一到年龄，就会给人一种开残败了的形象，对方明明年纪很大了，皮肤说不上保养得多好，脸颊上有两片不正常的红晕，不像拥有脱老之术的样子，但就是给人花朵般的感觉，童尔岚又说不好是落尽梧桐、开彻芙蓉的花朵，桃花一簇无主、可爱深红浅红的花朵，还是几度梅花发、天涯鬓已白的花朵，这让她的脚步迟缓下来。正走神，手机叮咚一响，童尔岚掏出手机看，是阿荒，他的车正在从香港那边过境深圳，问她是否在班上，他有东西带给阿田。

阿荒是阿朗的哥哥。阿朗是童尔岚的男朋友。

阿荒在九龙"一诺国际"跑货柜，每天往返港深两趟，他在龙华有个女朋友，叫田女子，江西人，在能源生态园生活垃圾处理站工地工作，这事瞒着他妻子。去年香港疫情第二波和第三波暴发的两个月，口岸控制愈加严格，阿荒急得跳脚，他不怕感染，怕冇工揾，一家老小冇饭食。以后通关情况恢复正常，跨境货车司机七天一核检，香港医管局获得疫苗资源后，首批为货车司机注射了疫苗，费用由香港特区政府补贴，阿荒很开心。

童尔岚对阿荒和田女子的关系挺反感，阿荒和阿朗一个爹妈生养，怎么说都让人止不住联想。她本来没有掺和这事，可是，去年年底香港陈姓货车司机在深圳检出阳性后，深圳人个个紧张，提起这事佛都有火，作为口岸海关人员，童尔岚不能不管。她给阿荒的脸书转发两地特区政府疫情管理规定，留言警告他不要倒泻箩蟹，弄出收拾不了的麻烦。阿荒不想造次，埋怨说田女子所在街道几次上门，连规定带威胁，要求她疫情期间不得与港方人员私下交往。田女子有个老父亲，一旦感染天就垮了，也不敢见阿荒。这些阿荒都能理解，疫情发生后他也没和妻儿住在一起，他也怕来来往往把病毒带给家人，但他惦记田女子，时不时有东西送给她，只能托童尔岚代转。

你冇义务帮佢沟女，弄得黑狗得食白狗当灾，在写字楼上班的阿朗理智地对童尔岚说，要她别管哥哥的事。童尔岚好几次没接阿荒的电话，以后阿荒索性缸瓦船打老虎，直接去闯田女子的门，童尔岚担心闹出事情来，只能硬着头皮接下这单活，替阿荒"走镖"。可是，阿荒思念田女子心重，又不知节制，这个月带一瓶干诺道文华饼店的玫瑰草莓果酱，下个月带一封元朗大马路的恒香老婆饼，再过一个月带一袋尖东站绍香园的琥珀核桃，都不是什么生计要害，有一次居然带了三只浇着牛油蜜糖酱汁洒上炸腌肉粒的玉米杯，童尔岚哭笑不得，直言不愿再沾油手。阿荒喏喏地赔小心，说阿岚你大人大量啦，唔好俾我去床下底劈柴，唔该唔该。为这个，童尔岚和阿朗还闹了点小小的不愉快。

童尔岚从工作人员通道绕到车辆关口，阿荒的货柜车已经停在那儿了，穿防护服的边检人员正催他快点离开口岸，童尔岚连忙过去说明了情况。

"早晨。"童尔岚败兴地接过阿荒从驾驶台上递下来的两只卡纸盒，"咩呀？"

"早晨。"阿荒眼巴巴地说，"枇杷露同榄膏，俾佢养肺。本来泰然堂燕窝打折，佢屋企做马来西亚源头货，唔做粿碎油胶，可惜关口唔俾带。"

"你当系80年代，厕纸都要喺对面带嚓？"童尔岚不高兴地说，"讲咗几次，以后唔好带啦，呢边边一样都唔比嗰边差。"

"你讲过以后我就过咗检讨，带嘅都系呢边冇嘅。"阿荒笑嘻嘻说。

"呢边有殖民主义，你带嚓？"童尔岚抢白道。

"好好，下次带，下次简单啲。"阿荒好脾气地说。

童尔岚听阿荒口气就生气，哪次他不简单，果酱呀核桃呀，花不了几个钱，抠门抠出了豉油泡饭的境界，可就算简单到一盒娥罗纳英H软膏，不也是带？都什么时候了，也不知道省省。童尔岚必须给自己找个理由，不然怎么做心理上都冲突。她就转着脑子想，阿荒也不是什么优点也没有，他懂打拼，知道顾家，一家四口住了十几年公屋，每天往深圳跑两趟，为两地经济建设工作，不像那些一辈子拒绝过境的港人，害怕到内地吃东西中毒、呼吸空气得肺癌、乘地铁擦着人得皮肤病，没有什么拽气；他在深圳搞外遇当然不对，图的却是陆生女面对物质生活的变通，不像土生港女"冇楼就冇高潮"，虽说出手小气了点，老婆饼和养肺补品却都有讲究，那份说不清是憨迂还是狡猾的惦记，说明他在意田女子。这么一想，童尔岚就原谅了阿荒，让他赶紧牵车离开，别影响边检秩序。

童尔岚把两只小小的卡纸盒装进包里，回到车场，去边检人员区域排队，等着派车回市里。下夜班的人走得差不多了，前面只有几个人，童尔岚不经意朝出境大厅那边看了一眼，又看到那对疑似母女。她俩还站在出入境大厅门口，守着两只帮不上忙的箱子，欲进不进，很为难的样子。花朵脸妇女大概累了，坐在大箱子上，保持着一种奇怪的姿势，两条瘦瘦的胳膊紧紧夹住两肋，好像随时都会有人从什么地方冲出来把她掳走，她那样做就能防止劫持事件的发生。她那副模样让童尔岚心生同情，童尔岚于心不忍，扭头离开队伍，走向出入境大厅门口。

"你们好。"童尔岚和那对妇女打招呼。

"您好。"年轻那位回应，澈亮的眸子里有疑问。花朵脸那位则安静地看着童尔岚。

"我在这儿工作，见你们一直没进大厅，过来问问。"童尔岚看出对方的疑惑，解释说，"有什么需要我帮助吗？"

她俩果然是母女，当妈妈的有呼吸道疾病，大厅里反复使用84消毒液，氯气对呼吸道黏膜的损伤，戴着口罩也受不了，所以她们不想太早进大厅。

"知道苯二酚、溴化钾、硫酸钠和硫酸甲基吗？"女儿问童尔岚。

童尔岚摇头。

"我妈年轻时长期接触这些，半边肺空了。"女儿解释。

童尔岚于是知道出了什么情况。疫情之后入境压力大，口岸室外区域都用作流程设施，没有专供旅客休息的地方，倒是搭了几十顶帐篷，上百个香港大学深圳医院的医务人员和志愿者负责入境旅客的采样，工位上不让旅客停留，母女俩在室外找不到落脚处，又不便早早进入大厅遭受空气戕害，只好站在门口。

童尔岚有些为难。口岸10点才开闸，还有一个多小时，加上通关所用时间，母女俩怎么也得再熬三四个小时，看妈妈的样子的确精力不济，要是过境时被当作疑似就麻烦了。她决定帮一下母女俩。

入境流程是这样的，人员经严格审查后，胸前贴上目的地标签，到停车场指定区域等候专车分流，市内人员由各区接到指定防疫站进行核酸检测和医学观察，目的地为广州、珠海、佛山、惠州、中山、东莞、江门、肇庆的由各市驻深工作组专车送往机场转运点二次分流，目的地为汕头、韶关、湛江、茂名、梅州、汕尾、河源、阳江、清远、潮州、揭阳、云浮的由南山区负责临时安置并核检，核检结果阴性的各地派专车接回，阳性转本市卫健部门处置。

童尔岚去停车场，挨着分流人员车辆找，竟然让她找到一位熟人，是大鹏新区的何师傅，儿子在口岸警队工作。何师傅正在检查他那辆比亚迪C8客运大巴续航情况，童尔岚把情况一说，何师傅就去向带队官员汇报，官员同意提供一小时临时服务，叮嘱郑师傅10点前清空车辆，对车辆进行再度消毒。

童尔岚谢过郑师傅，去出入境大厅门口把母女俩接到车场。郑师傅转着圈为母女俩身上喷酒精，取来一次性鞋套手套让母女俩穿戴上，两口箱子也做了消杀，锁进行李柜，再给母女俩拿来两瓶矿泉水和一只垃圾袋，母女俩千感谢万感激。

当妈妈的确实累了，一坐下眼睛就合上。童尔岚建议女儿把座椅放下来，给妈妈盖上件外套，让她睡一会儿。女儿婉拒了，体贴地把妈妈搂进怀里，让妈妈靠在自己臂弯里睡。

童尔岚心里一热，决定好事做到底，问女儿，对疫情期间出入境情况知道多少。女儿答，网上咨询过，程序复杂，感觉听明白了，担心实操起来有意外。女儿就讲了她们的情况。她们是泰国华侨，住在曼谷中国城三聘街，去年元旦启程回国省亲，计划去妈妈老家麻城，因为是从深圳移民去的泰国，第二站选在深圳，最后一站去元朗。哪知一回国就遇到疫情暴发，经历了许多不适和委屈，幸亏妈妈家乡人重情，留她们躲过了开头的几个月。去年夏天湖北解禁，妈妈的病又犯了，耽搁了几个月，等病养好，眼见离家一年，再不回去家都荒废了，她们就启程来第二站，在深圳盘桓了几天，准备出境去元朗。

"我头一次回祖国，遇到这种情况，不知道该怎么办，幸亏一路上遇到好心人。"女儿感激地对童尔岚说，"我姓蓝，中文姓名蓝海鸥，叫我海鸥好了。"

童尔岚点点头,在蓝海鸥旁边的椅子上坐下,小声向她交代。疫情期间,口岸出境比入境简单,一会儿过境后,香港边检警察会询问基本情况,再到海关接受检疫,核查健康申明卡、体温筛查、流行病学调查,要查询14天活动轨迹,有疫情严重国家和地区旅居史会重点检疫,和健康申报及流行病学调查信息互为验证,以便入境后无缝对接特区政府管理网络,如果检查出确诊病例、疑似病例和有症状人员,由急救机构转诊,对密切接触者进行隔离医学观察。

"要是你们查出问题,我就是倒霉的密接者。"童尔岚说。

"我们在麻城哪儿都没去,那儿特别严,连乡道都封堵上了。"蓝海鸥一脸抱歉,不知道该怎么向童尔岚交代。

"开个玩笑,别往心里去,我打了疫苗。"童尔岚起身准备离开,透过车窗朝工作人员区域看了一眼,那里已经没有人排队了,又回头看了一眼蓝海鸥妈妈那张花朵般的脸,她睡得像个孩子。"再过3小时就出境了,"童尔岚衷心地说,"希望你们一路平安。"

童尔岚下了大巴,向派车点走去。她困得快要睡着了。她觉得口岸就像川剧脸,风平浪静时,海湾两岸的人们熙熙攘攘打这儿过,续住日子和情感,疫情一来它就变脸,拦住了很多人的生活,比如她和阿朗。

童尔岚和阿朗恋爱一年多,是阿朗追的童尔岚。他过深圳来办事,已经出了边检自助通道,又返回来,回乡证举到童尔岚眼前,问他有没有什么没验到的。童尔岚被问得一愣,接过证件检查了一下,除了执证人照片拍得略嫌呆萌,不如本人帅气,年龄比她小7个月,没看出什么问题。以后童尔岚在关口又遇到阿朗两次,她留意了,发现阿朗在关口那边徘徊,她出现在自助通道,他才匆匆刷卡过境,整个过程目光一直在她脸上。有一次她故意走向自助通道时半途调头往回走,躲在一边观察,阿朗硬是十来分钟徘徊在通道那边,扭头到处寻找,直到边检人员过去将他驱离。

童尔岚不是头一回遇到搭讪,有应付手段,但阿朗不同,对已经27岁的童尔岚来说,他出现得恰是时候。

阿朗是港二代,出生于槟城一个普通家庭,香港理工大学多媒体科艺专业毕业,和童尔岚家庭背景及学历匹配。阿朗不接受软妹和御姐,他希望童尔岚正常一点,这正中童尔岚下怀。童尔岚打小就在妈妈的教育下学会了不靠脸蛋吃饭,虽然她正是靠制服秀诱惑到阿朗。阿朗不自恋,不拿自由民主话题对标童尔岚,童尔岚和他说深圳GDP超过香港的事他也不表态,安静地坐在那儿看童尔岚。阿朗不抠门,两人外出开销,差不多是他六童尔岚四,他来深圳看童尔岚,酒店的房费自己掏,童尔岚过境去九龙看他,他也不为童尔岚付酒店房费。阿朗不粗俗,上下车和进出电梯总是在前面给童尔岚拦门。有一次童尔岚喝多了长岛冰茶,他用六层纸巾叠了只漂亮的鸟窝,双手捧着,让童尔岚呕吐在自己手心里。重要的是阿朗不花不渣,只爱童尔岚一个,不像阿荒,讲究主副食搭配。但是,阿朗坦白没想好结婚的事情,就算最终决定结婚,是否要孩子也需缜密考虑,不会轻易让度出自己。有几次,童尔岚觉得和阿朗这段关系走不下去,又不知道该在哪里松手。她和阿朗约定,俩人不在企鹅和脸书上晒私生活——朋友圈里看多了一对对今天奈良明天台北后天圣诞岛的晒恩爱,突然有一天消失掉,再没有音讯,这个猝死她不要。

也许想到了这个,童尔岚竟然没去派车点,而是折回出入境大厅,去服务台取了"个人基本信息""健康申明卡"和"新冠肺炎疫情防控重点人员移交记录单"表格,又去员工医务室讨了一袋氧气,返回郑师傅的比亚迪 C8 大巴车,把氧气袋和表格交给蓝海鸥,指点她先把表格填了,一会儿去出入境大厅会省很多事儿。

"真不知道该怎么谢谢您。"蓝海鸥没想到童尔岚还会回来,而且一副保驾女侠的担当,"一会儿我妈醒了告诉她,我们又遇到了好心人。"

"她不会受凉吧?"童尔岚朝窝在女儿怀里安静睡着的妈妈看了一眼,她没说,其实她想再看一眼花朵脸,她还是没想出来到底是什么样的花朵。

"早上出门前加了件羊绒背心,这会儿正冒小汗。"蓝海鸥笑。她笑起来模样儿很好看。

"您说你们从深圳移民去的泰国,那会儿家在哪儿?"

"就在这附近。我妈带我找了几天也没找到。您知道，变化太大了。"蓝海鸥利落地为妈妈解开上领的两粒扣子，轻轻塞了两层纸巾进去，"我是在泰国生的，我哥哥生在深圳，他昨天出的境，先去元朗打点一下，在那边接我们。"

"您爸爸没一起回来？"

蓝海鸥脸上的表情迟疑了一下。童尔岚就知道自己冒失了。

"没关系。"蓝海鸥目光温和地看了一眼童尔岚，"您看着很疲倦，要急着离开？"

"也不是。"童尔岚犹豫了一下，说。

"没有什么好报答您，给您讲个故事？"蓝海鸥玲珑的岩羊眼试探地看着童尔岚，"这次回国我才知道的。"

女孩之间的游戏。童尔岚笑了，选择母女俩旁边那排座位坐下。"可以闭着眼睛听吗？"她问。她的意思是，如果故事好听她就听下去，不好听她就睡觉，反正回宿舍也是睡。

"您随意。"蓝海鸥说。

故事开头没有什么新意，能听出讲故事的人很在意这个故事，讲得很认真。事情发生在40年前的深圳，主角两个，一位姑娘，不到20岁，一位小伙子，二十出头。姑娘是最早来南方闯天下那批北佬中的一个，那会儿罗湖和蛇口是大工地，姑娘在工地上干活儿，先住工棚，后来工地拓展，工棚拆掉，她住进村民家里，遇到了小伙子。那会儿不兴出租屋，工地附近村民，家家户户都有跑去香港和南洋讨生活的，大量房子空着，一个月花十块八块就能占张床，几十块就能占间屋，姑娘就属于这种情况。她家是农村的，条件不好，在工地做的是杂件工，收入不高，那会儿就想吃饱，对付着不挨饿，剩下的花销只够和其他人合住。小伙子不同，他是这家亲戚，从海湾那边过来，帮助亲戚家养蚝，每天带两条狗早出晚归，有时候他们在门口碰见，从来没有说过话。

童尔岚一坐下就犯困，眼皮子往下耷拉。她想，不说话这种事不稀罕，她和阿朗就是这样。一开始，两个人根本做不到语言沟通，港人普通话不标准全世界都知道，深圳人来自四面八方，普通话不标准同样不是秘密。阿朗简直就是普通话盲的极品，他连塑料味的港普也不会说，而且他有充足理由证明香港白话属于汉语言的一支，比普通话古老。问题是，童尔岚是皖南人，二十年娇软吴音，又续上了几年貂狗相属的深普，让她怎么标准？她粤语也说不好，多数时候只能用英语和阿朗沟通，好在他俩英语够用，又担心语言分歧导致感情疏远，俩人都努力学习对方的母语，相处一年后，大体能用对方母语交流了。不过，他俩和蓝海鸥故事里的姑娘小伙儿，应该不属于同样的情况。

蓝海鸥不知道童尔岚的想法，她怀里搂着熟睡的妈妈，看不见一旁童尔岚的表情，只是兀自讲着她的故事。

姑娘小时候，老家镇上有一家"青春照相馆"，照相师傅是个个头高高的返乡知青，梳着蜷曲鬓角，留着丁字胡须，待人特别热情。他有一架老牌子的德国产箱式气压照相机，每当有客人来照相，他就问客人，想在北京照相还是在上海照相，想在北京照，他就拉出天安门布景板，想在上海照，他就拉出黄浦江布景板，然后装好底片，脑袋钻进取景棚幕布后，右手举起按钮气囊。看这儿，对了，笑一下，好。一张美丽的照片就照成了。

姑娘迷上了照相这门手艺，她觉得能把人们的喜悦脸庞留在相纸上，简直就是天使才有资格做的工作，她想做一名照相馆的摄影师，可是，在贫穷的大别山区，这不是随便什么人都能做的事情。姑娘来到深圳后去过所有的照相馆，看师傅给客人拍照，看橱窗里不断变换的彩色照片，那时有很多北佬拥到南方来讨生活，有人要拍登记照，办各种证件，有的要拍生活照，男的拍飞机头，女的拍客家凉帽，洗出来寄回家乡去，让家人看看什么是新生活。客人要是英俊小伙儿或者美丽姑娘，照相馆就会和他们商量，照片挂进橱窗，奉送 8 寸照片一幅。姑娘挨家问，能不能收她做学徒，可是没有一家照相馆要她，她不会说本地话，连在照相馆打杂都不配，只能去工地踩泥水。

童尔岚理解姑娘的遭遇，找份喜欢的工作好比找个体己的对象，两样都不容易。童尔岚刚入职时有几个深港两地婚恋同事，家属因为受不了每天深铁倒港铁通勤，忍痛放弃那边的高薪工作回到深圳,也有熬不过结婚5年才能取得身份,7年才能拿到永居证,最终分手带分孩子的。童尔岚承认深港恋有问题,可说到底,两座城市打断骨头连着筋,香港开埠最早的维多利亚建筑就是深圳石匠们砌起来的,十年黄金期,上百万内地人蹚过深圳河泅过深圳湾源源不断送去劳动力,硬是擦亮了东方明珠;深圳人饿肚子那些年,河对岸乡人往河这边丢粮食,世纪之交崛起,香港提供了最大的资本和贸易市场——两座城市就像鰕虎鱼和枪虾、蜜蜂和刺槐、根瘤菌和赤豆,谁缺了谁都活不成今天这个样子,怎么就要从基因中生生剪辑掉情感这一段?上十万深港跨境恋,你当是什么?当事人需要用上成套的毅力和技巧,哪一点没用上关系就会垮掉,考验非常大,真的很辛苦。

这么想着,童尔岚居然睡着了,也不知睡了多久,等一个激灵醒来,蓝海鸥还在讲着。童尔岚暗地里笑话自己,在心里说了声抱歉。

蓝海鸥的故事在继续。1980年开年后,工地上来了一批脱掉军装的基建工程兵,工头告诉姑娘,她不用再去工地了。姑娘去其他工地上找工,发现那儿全是汗气冲天的复转大兵,他们一个人能顶她十个,她丢掉工作很合理。坐吃山空,姑娘很快花光了积蓄,这么撑了一段时间,最后两天,她只花了两毛钱吃了一顿饭,是老乡卖剩的3只客家粿粽。姑娘喜欢这片南方海疆,这里的一切都让她感到新鲜，她想留下来在这儿生活，可现实告诉她，这儿不是她待的地方，她只能卷行李回到家乡去。

五一国际劳动节那天，姑娘去街上逛了最后一次，她觉得自己在这儿劳动了一年，有资格庆祝这个节日，她要为自己庆祝一下，然后再回中原老家。这次不同，小伙子头一次开口和姑娘说了话，他说他也是劳动者，也想过这个节，他愿意和姑娘一起庆祝。在一个屋檐下住了几个月，抬头不见低头见，人熟到和自己额头上的头发一样，姑娘不好拒绝，同意了。

小伙子换了一身干净衣裳，扭扭捏捏跟着姑娘出了门。他俩隔着几步，一前一后，毫无目的在街上逛着，跟着他俩的是亲戚家那两条互相追逐的狗。他俩走进蛇口公园，公园里有招商局青年团组织的文艺表演，有当地老乡摆的集市，卖各种各样的农副产品，还有一张摸彩票的桌子，奖券一块钱一张，旁边堆满琳琅满目的奖品。他们已经走过去了，姑娘脚步错乱地又返回来，眼睛直勾勾盯着奖品垛最上面。

那是一架海鸥4B120双反相机，它有漂亮的老虎皮，手轮卷片，带自拍器，快门光圈盘上刻着"中国上海"，机身号4B－19327255，取景框的毛玻璃上有个非常贴心的红色"田"字，你想把笑吟吟的人脸种在哪个格子里，那里就会开出灿烂的花朵，更奇特的是，镜头内圈里有个海鸥图案，像个海鸥窝，仿佛里面睡着一群海鸥，随时都会惊醒，扑棱着翅膀飞出来。

"姑娘被那台照相机吸引住了，那是她想要得到的。"童尔岚忍不住插嘴，她觉得这个故事她也能讲。

"嗯，她的目光再也离不开它。"蓝海鸥点了点头说，"她下意识地去掏口袋，可口袋里却只有5毛钱。"

"奖券不是1块钱吗，小伙子不能站在一边看姑娘失望吧，他就不能凑5毛钱？"

"他凑了，就像您说的，他凑了5毛钱。"

"他们中奖了。"童尔岚打了个哈欠，强打起精神，她觉得通俗故事就是这个规律。

"对。"蓝海鸥笑了，伸手替怀中的妈妈押了一下衣领，"特等奖，一块宝石花牌手表。"

"姑娘不想要手表，她想要照相机。"童尔岚挪动了一下身子，让自己坐得舒服一些。她在想，故事应该结束了，她等对方结束就告辞，回市区好好睡一觉。

"嗯。"蓝海鸥说，"摇奖的人奇怪，他从来没有见过用一等奖换二等奖这种事，可是，获奖者主动放弃更贵的奖品，他没有理由不同意。于是，姑娘拿到了照相机，她高兴得差点晕过去。"

"这样她就不用回家乡了，"童尔岚觉得故事在这儿结束是最好的结局，她伸出手去，将座位幅度调节回原位，准备说再见，"她可以开一家照相馆，满足少女时的愿望了。"

"没有。"

"没有?"

"您忘了,小伙子掏了一半奖券钱。"

"这还不简单,还他5毛钱,姑娘不会连5毛钱都没有吧?"

"姑娘也这么想,她承诺一回到住处就把钱还给小伙子,作为感谢,她挣的第一笔钱也给小伙子。可小伙子不干,他不要5毛钱,也不要她挣的第一笔钱。"

"那他要什么?"童尔岚奇怪。

"他要二分之一照相机。"

"照相机又不是粿粽,哪能一掰两半?"童尔岚差点儿没笑喷。

"姑娘也是这么说的,她和小伙商量,照相机没法分,真要拆开就坏了,能不能等她挣了钱加倍还他?能不能她挣的钱一半都给他?能不能他当照相馆的老板,她给他打工,挣的钱全都是他的,只要相机属于她,她能给人们照相?"

"这算什么?没有这么不讲理的。"童尔岚有点替姑娘抱屈。

"可怎么商量小伙都不同意,他不要姑娘还钱,不做姑娘的老板,不要照相馆的收入。"

"他想干什么?"

"姑娘也想知道,她生气地问小伙子,那你要怎么样?小伙子吞吞吐吐对姑娘说,也不是非得分照相机,也有别的办法。比如,照相馆老板你当,挣的钱都归你,照相机也归你保管,我保证不碰它一个指头,但它属于咱俩,谁也不分。"

"什么意思?"童尔岚困惑了。

"小伙子对姑娘说了他的意思,"蓝海鸥甜甜地笑了,"小伙子说,咱俩合成一家,你照相、冲洗相片,我去外面揽客、给咱们煮饭洗衣裳,这样,照相机就不用分开了。"

童尔岚一时没明白。这算哪门子生意?

"姑娘呆住了,就是说,照相机不用分,而且由她保管,别人一个指头都不能碰它,天下怎么可能有这样的好事?她从没有想过这个问题,这个问题和照相机怎么分一样,太难了,她根本做不了决定。"蓝海鸥说,"小伙急了,说请你相信我,我知道那些想寄照片回家的人心里怎么想,他们跟我一样,想把自己拍得讨喜一点,我知道在哪里能找到他们,我能替你……替咱们拉来很多很多的客人!"

"等等。"童尔岚听出了什么,坐直身子,"不好意思,我刚才打了个盹,漏掉了什么?"

"小伙子。"

"您之前提到他?"

"嗯。"蓝海鸥点点头,扭过脸来,澄澈的目光从怀中妈妈的头顶上方看向童尔岚,"我听见您的鼻息声,但没让故事停下来。"

"对不起。"

"不用抱歉。我说给您讲故事,其实是我太想讲这个故事了,忍不住想讲,您不听我也会讲,您离开了我也会讲。"

"那,能补上那一段吗?"童尔岚觉得这个故事不一样了,她坐直了,侧过身子,目光落在讲故事的人脸上。

蓝海鸥补上了那一段。小伙子是香港元朗人,在蛇口帮助亲戚养蚝,再把蚝拉到元朗去卖,自打见到姑娘后,他就暗自喜欢上了姑娘,可他害羞,不知道怎么向姑娘表达。他知道姑娘想当照相馆摄影师,她对合住的姐妹们说过,那是她的梦想。他曾偷偷跟在姑娘身后,去百货公司看柜台里的国产"长城""熊猫""珠江"和东德产"威乐"照相机,他拖蚝回元朗的时候,也跑去店铺里看德国的"徕卡"和"禄来"、日本的"佳能"和"尼康"、美国的"通用"和"宝丽莱",它们都很漂亮,而且大多数他都买得起,可他不敢买,怕姑娘因此瞧不起他。其实,姑娘饥饿时吃的那3只客家粿粽,也不是老乡卖剩的,是小伙子跟在姑娘身后,为她饿着肚子而心疼,偷偷付了钱,让老乡用两毛钱卖给姑娘的。

童尔岚终于听明白了这个故事。

怎么会这样?童尔岚问的不是爱,而是爱之后,拿什么来实践?童尔岚去过阿朗在慈云山那间18平米的公屋,她在厨卫齐全收拾得纤尘不染的方寸之间坐立不安。匣子间的墙上挂着伦勃朗母爱的性,没有丝毫僭越和威胁,阿朗也一样,他很少俯身于她做点什么,她在他的瞳孔里看不到身体意义上的她，就是说，他俩很少有亲密行为。她感到他一直以沉睡的状态和她在一起，这使她也一直沉睡着，腹沟冰冷，心灰意懒。有两次，她想拉开窗帘捅破这个秘密，想给他开个玩笑，告诉他，深圳在行动，香港在沉思，这样的两座城市没有未来；他们应该激情洋溢地交欢，就像深圳和香港应该交欢一样，从身体开始，找回70年代以后失去的情感。去生下深港河套合作区、前海合作区、物联网新能源医药生物技术联合项目。但她没有和他开这个玩笑，与其说不敢，不如说这个玩笑对他俩毫无意义。

"那，为什么在一个屋檐下住了那么长时间，小伙子不和姑娘说话？"童尔岚突然喜欢上了蓝海鸥讲的这个故事，她想知道这个，就像想要知道阿朗为何不俯身于她。

"小伙子养蚝，整天带着狗在滩涂上打桩、抛石、插竹、扎筏、搭栅架、挂浮绠，头上太阳晒，身上满是泥腥味，他怕姑娘讨厌他。"蓝海鸥的声音透着动人的柔情，"要是他站远了说，又怕姑娘听不见，他大声喊，又怕吓着姑娘。"

童尔岚乐了，心想，阿朗也是这样想的吗？

疫情期间，深港口岸两边都有关员感染，那会儿疫苗没出来，童尔岚非常害怕，又不敢说破——同事和朋友圈都不能说，大家都怕，传出去影响不好。那几个月她最想做的事情就是休几天假，躲在被窝里大哭一场，哭够了跑去慈云山和阿朗厮守在一起。可是疫情期间深圳签证过不了香港,她去不了阿朗身边。而且,好多同事病倒了,还坚持工作,她不想做一个因为害怕而抛弃族群同伴的人。

童尔岚忍了一段时间,最终没忍住,在电话里给阿朗说了。阿朗也害怕,他那边情况比这边糟糕多了。慈云山是重灾区,好几次爆发群组事件,温莎餐厅事件那次他就在现场,属于疑似,好在最终核检结果出来他幸免于难。童尔岚打电话时,阿朗什么话也没说,第二天晚上却出现在她面前。原来,疫情期间很多港人过深圳来陪老公老婆,他也决定这么做,向公司申请远程办公,上司还真批了他一个月假。童尔岚感动得要命,她的同事也激动得要命,本来疫情闹得大家都紧张,节奏都乱了,一听说阿朗冒死过口岸来陪童尔岚,人被拖去集中点封闭观察14天,同宿舍两位同事热泪盈眶,坚决不同意阿朗结束观察后住酒店,她们夺下童尔岚手中的视频,朝阿朗眨眼睛挥胳膊喊,靓仔坚持住,我哋执蕾丝俾你腾床,唔使客气,唔使东江水换奶粉!

童尔岚心里清楚,不少过境港人目的是避疫,而非天荒地老。她知道病毒无所不在,它们正在侵蚀一切,许多深港恋正在快速裂开缝隙,露出异乡人的本质和陌生人的面孔。童尔岚也有深深的无力感,也许再值得祝福的情感也战胜不了失去信心的世界,情感终将大面积撤退,彼此离弃是两座城市将要面对的残酷现实。但阿朗不同,说到天上去,他是为了她而冒险过关来的,即使他也在害怕,他还是来到了她的身边，就凭这个，她也会坚持到最后一刻，哪怕最终他们仍会分手，她也无怨无悔，更不会因为他有一个沟内地女的哥哥就冤枉了所有一河之隔的那些灾难中的人。

"我没有再漏掉什么吧？"童尔岚摇了摇脑袋，从分神中醒过来。

"没有，我停下来了，在等您。"现在看出来了，蓝海鸥是个聪明女孩，她笑吟吟地偏过头来，默契地冲童尔岚眨巴了一下澄亮的岩羊眼睛，"我继续称呼他们'姑娘'和'小伙子'，您不会介意吧？"

"不，太喜欢了，和喜欢您的名字一样！"是真话，童尔岚喜欢这两个称呼，喜欢"海鸥"这个名字，现在她知道他们是谁了，知道对方的名字的含义，她希望人们被保留在景深上，那才像一个真正的故事。

1980年5月1日那天，姑娘和小伙子在蛇口公园抽奖，他们抽到一架海鸥牌4B120双反照相机，他们为如何分配那台照相机产生了矛盾，姑娘因此再也不理会小伙子，她觉得他是个敲诈勒索犯，但她不能就这么离开，她决定留下来继续打工，如果所有工地都不要她，她就去捡垃圾，直到挣够86块钱，去商店买一架同款照相机赔给小伙子，这样，她就什么也不欠他的了。至于手中那台照相机，那是她命运中最重要的一次遭遇，她宁死都不会把它交给任何人。

小伙子呢？姑娘不理他，他没有受到打击。他叮嘱两条狗守好蚝田，别让海豚和黑鲷游进蚝田来糟蹋蚝苗，看见蛎鹬飞近就把它们赶跑，然后他跑回元朗，整天在葵涌、荃湾、粉岭和上下水旧货摊逛，最终买下一架旧"施耐德"牌相机。小伙子去了工厂，求熟人帮忙用铝锭车了一套变焦桶，用镀铬管做升降杆，铸造出调节连接背，镶上"施耐德"镜头，做了架放大机，再找来芬芳的红松做了一个可以升降的三脚架，又去旺角买了冲片罐、显影粉和定影粉，带着它们返回深圳。接下来小伙子找遍蛇口和南山，最终在深圳湾找到一家准备去槟港投奔亲戚的村民，用几乎白送的租金租下村民临街的家。小伙子花了半个月精心拾掇，把村民的家装修成照相馆，偏房布置成暗室，灯泡刷上红漆，窗户用毛毯遮严，厅堂布置成摄影棚，自己画了背景板，那是一幅鲜花盛开的田野。然后，小伙子爬上梯子，用剩下的颜料在门楣上写下5个漂亮的美术字——"青春照相馆"。做完这一切，满身涂满油彩的小伙子舒坦地坐在大门外，看着尚未开张的照相馆，开心地笑了。

　　"他俩最终走到了一起。"童尔岚一点也不怀疑这个结果。

　　"嗯。他们是一对幸福的夫妻，在一起生活了38年，身边总是有两条快乐的小狗或善良的老狗，38年中的每一天，姑娘脸上都带着笑容，因为她有一位令人尊重的丈夫、两个可爱的孩子，他们爱她，她也爱他们，而且，以后条件改善了,他们陆续添置了哈苏503Cw、奥林巴斯4Ti、佳能5D和尼康D200,但她一直拥有着那台老旧的海鸥牌4B120双反相机。他兑现了他的承诺,那是她一个人的宝贝,除了她,没人碰过它一个指头。"蓝海鸥停顿了一下,"直到一周前……"

"发生了什么?"

"说出来您可能不相信,"蓝海鸥沉默了片刻,摇了摇头,"他俩患有Orphan Disease。"

"你是说,孤儿病?"

"对,罕见性疾病,他俩都是孤儿病患者,而且得的是同一种病。他们移民泰国,是因为那儿有免费的医疗政策。"

童尔岚心里重重地揪了一下。

"我一直在想,是不是因为拥有同样脆弱的生命,他们怜惜自己,又能感觉到对方,才千里万里走到了一起?"

童尔岚扭头去看蓝海鸥怀里那张花朵般的脸,可惜她坐着的角度看不到,她突然感到心里有一股刺痛。

"他们还是没能创造奇迹。61岁生日刚过没几天,小伙子在睡梦中离开了姑娘,就在她怀里。"

接下来,蓝海鸥讲了他们为什么会有这样一段疫中旅程。深圳有位电影摄影师叫徐红亮,就是那位因为拍摄《钢铁是怎样炼成的》获得国家最高影视摄影奖的摄影师。几年前,他听说了海鸥牌4B120双反照相机的故事,他对故事着了迷,想收藏那架传说中的照相机,他通过他的朋友、泰国电影导演梅兹·比辛达联系上了姑娘和小伙子。姑娘和小伙子很惊讶，他们没有想到自己的故事会有人知道，而且传这么远。但这不可能，他们不会出让那台照相机，即使拉玛十世陛下亲自出面也不行，即使拿世界来换也不行。

小伙子病逝后，姑娘的身体越来越差，她太想念小伙子了，没有他，她一天也不愿意活下去。小伙子周年祭那天晚上，姑娘在院子里默默地坐了很久，然后她把儿女叫到身边，给他们讲她少女时的故事，讲她第一次来到深圳，是如何迷上那片山海之地，那里有个什么样的秘密在等着她。她告诉兄妹俩，她感到自己没有多长时间了，她觉得呼吸不过来，她想去找小伙子，他知道她的肺出了什么问题，他会帮助她呼吸得好一些。在走之前，她想把这个世界给予她的一切美好都送回原处——小伙子的骨灰送回他出生的元朗，照相机送回它出现的深圳，并且在离开这个世界前，最后看一眼自己出生的家乡。

"那台海鸥牌4B120双反照相机，现在在徐红亮摄影师手里？"童尔岚小心翼翼地问。

"嗯。姑娘在网上搜到摄影师的资料，看完他拍的那些美好的电影，但她没和摄影师见面，她不愿见任何人。他们通了很长的电话，在电话里，摄影师告诉姑娘他听到的故事，姑娘纠正了一些不实传闻，我在一旁，从头到尾听完了这个故事，然后，我按照姑娘的吩咐和摄影师留下的地址，把照相机寄了出去。"

蓝海鸥的故事讲完了，她和她，故事的讲述者和听者，她俩静静地坐在那里，有一阵她们谁都没有说话。

"还有一件事。"童尔岚打破沉寂，她想知道这个，也许这能说明一些事情，"您刚才说，小伙子没和姑娘说话之前，姑娘用两毛钱买了3只客家粿粽，是小伙子暗中安排的，那，会不会照相机的事，也是小伙子安排的？"

"我没问。"蓝海鸥平静地说，"我觉得没有必要问。她拥有了她想要的一切，他也一样。"

"可是，"童尔岚把目光投向蓝海鸥怀里，忍了忍，还是没忍住，"她没有再见到她的第一个照相馆，它已经不在了，对吧？它到底在哪儿？"

蓝海鸥没有回答，轻轻动了动身子，尽量不扰动怀里的妈妈，要知道，这会儿她在熟睡，说不定她正在熟睡中渐次开放。

蓝海鸥把清澈的目光投向车窗外。童尔岚顺着蓝海鸥的目光向车窗外看。在她们前方，那里是一言不发的深圳湾，也许很少人能够看出，它就像一朵开得不曾留下任何遗憾的花朵。

2021 年元宵
于听山室

入侵物种

他身后有一支蜿蜒的队伍,顺着他的影子一直通向黝黑的海湾。他看清楚了,是它们,那些资料上记录的流浪猫,它们有上百只,在如洗的月光下排成整齐的一列,默默跟在他身后,纯白、纯黑、黑白、虎斑、玳瑁、姜黄、钴蓝、金红、茶褐、金橘、浅粉、淡梵……

易谷丁是一名二级资质人力资源管理师，早先供职IBM大中华区，5年前转入深圳一家彩色柔性显示技术公司，公司人力主要由研发人员构成，占据员工67%，管理层和核心技术人员多数毕业于斯坦福、康奈尔和港科大，因此，他的工作和制造业员工招聘、绩效考核、薪酬福利管理以及劳动关系协调稍有不同，服务对象不是高级镗工、自卸货车司机、模具工程师和玉石检验员。

易谷丁的助理是智能人小彩，一位很棒的同事，他的工作体验主要由小彩保障。只有一次他俩发生了矛盾，那次易谷丁做公司年度业绩报告，没日没夜赶报表，一天晚上他打着哈欠和小彩开玩笑，问TA能不能替他完成任务，他去打个盹。小彩几乎没有犹豫地回答，等TA智能大脑升级完成后，易谷丁只需要把脑接口授权合同签了，其他什么事都不用做。这个回答让易谷丁有些犯愣，有一点点不舒服，事后也没想明白，究竟哪儿不舒服。

易谷丁在这一行干了 12 年，这份职业为他带来充分的自信心、稳定的生活保障和心爱的妻子。易谷丁的妻子不想过一位主人两个奴隶的资本主义家庭生活，选择做丁克，这与易谷丁的想法不谋而合。他们的日常生活很简单，没有复杂的社交活动，大部分时间、精力和薪水都用在读书、手工艺、厨艺、科幻电影和旅游上，也参与少许他们认为有意义的社会公益组织活动，一句话，那是以他们自己为中心的梦想生活，他得到了。

直到去年妻子去世。

易谷丁不该让妻子独自回武汉。他们说好回她姥姥家过年，她先去，他大年初一休假再去。疫情突然发生。不是一辆失控的泥头车，不是一片老之将至的榕叶，一切毫无预兆。"我害怕，快来接我！"妻子在视频中惊慌失措，大声哭泣。易谷丁去不了。武汉封城了，他被封在大广高速鄂州段，23 天时间睡在他的奥迪车上，上不着天下不落地。妻子的姥姥先走，接着是她舅舅，然后是她。

易谷丁和他的心理医生陶大夫成了朋友。他们戴着口罩，用液体酒精不断洗手，反复测量体温，做注意力训练、记忆训练和思维训练。实际上，在长达 10 个月的意志力活动衰减和认知功能损害治疗过程中，易谷丁只在陶大夫的胸牌上看到过他的脸，陶大夫则从易谷丁的医保卡上知道易谷丁长什么样。陶大夫建议易谷丁停止把时间花在厨艺上，告诉他不断研究亡妻爱吃的蚝仔烙蘸料和干炒牛河镬气秘诀的行为对康复没有任何益处。陶大夫认为,在社会重新启动之后,易谷丁应当勇敢地走出应激,开始新的情感生活。

"39岁专业人士,身材修长,性格稳定,无不良嗜好,年薪72万带股权分红,城市中心顶级小区三居室完全产权。"陶大夫问,"你觉得接下来会发生什么?"

"恐惧。"易谷丁知道,无休止的崩溃让任何人都感到无趣,但这是他眼下的真实感受。

"你不用假装成一只快乐的喜鹊,"陶大夫耐心启发易谷丁,"可是,为什么不试试离开屁股下面那根被虫子蚀空的树枝,去沙地里啄点可爱的小石子?"

易谷丁不那么想。婚姻组合没有为他带来安全的人生——他爱妻有轻微强迫症,极少和人接触,妻子的姥姥和舅舅也是,但他们成了最先离开这个世界的病毒致亡者,这在理论上说不通。易谷丁认为人力资源规划是一项严肃的事情,应该把优质资源一次性使用到位,而不是在基因变异后等待理赔。他那么做过了。他的优质资源已经分配完毕。

在确定无法说服易谷丁之后,陶大夫建议他调整社会活动。陶大夫指的不是"密接"之类场景条件,而是易谷丁和妻子过去选择的公益活动。他非常肯定地认为,目前情况下,易谷丁不适合向社会提供专业服务,换成援助类也许更好。

"情绪也是病毒,会传染。"陶大夫说。

易谷丁确信,陶大夫其实想用大号钢丝钳捅进他的脑子,在那里拧紧某根不听使唤的神经,而不是警告他别冲着他人打喷嚏。陶大夫并没有对易谷丁做催眠疗法,但易谷丁对自己的心理医生却产生了某种微妙的移情,他决定接受心理医生的建议。

长假最后一周,易谷丁选择了去"大地母亲协会"做义工。那是一个与流浪猫援助有关的民间公益组织。和SPCA性质的失援宠物之友、预防虐待动物协会之类的组织不同,它的宗旨是追求对流浪猫的最终解决方案,而非一般意义上的野外救助。

"知道我们这座城市每年被流浪猫捕杀的野生动物有多少?"一见到易谷丁,"大地母亲协会"秘书长艾欣女士就劈头问他。

艾欣女士有一双富于鼓动性的修长手指,她和易谷丁保持着严格的社交距离,俩人没有握手,易谷丁只能凭着她被发胶塑形得台风都吹不动的中长卷发,判断她是一位敬业的女士。

"您指无脊椎、两栖、爬行还是哺乳动物?"易谷丁习惯性地用严谨的专业口吻问。

"全部。加上鱼类和鸟类。"

"和人类捕杀的数字差不多。"易谷丁知道自己偷换了概念,他希望他描述的这种场合别让孩子们看到,这是他和爱妻选择丁克的原因之一。

"上亿只。"艾欣痛苦地报出数字,"每一年,每一年,就在我们生活的这座城市,就在我们眼皮子底下!"

即使易谷丁知道,残酷的数字仍然让他心里重重地抽搐了一下,它像一剂催化剂,加强了他加入"大地母亲"公益行动的动力。

易谷丁希望协会分配给他一份成员激励工作,比如帮助成员相信他们拥有尚未挖掘出的价值,对他来说这就像开门进家,然后随手关上门那么容易,而它会让协会享有高质量的资源配置,让他在重振精神的康复路上获得合理回报。他很快得知,"大地母亲协会"成员大多是高知识结构的学者和专业人士,他们具有超强的自我学习能力,信仰坚定,需要的只是一份目标说明书,不用谁来培训和开发。就是说,他身处一个与智能人暗中较劲的碳结构生命组织中,这是他没有想到的。

接下来涉及易谷丁的第一份工作。S公园,它是深圳1090个公园中最小的一个,也是"最恶毒"的一个。"最恶毒"是艾欣女士对它的定性——截至上周,S公园至少容纳了213只邪恶的流浪猫,其中有47只孕猫和48只准孕猫,这意味着该园的流浪猫将会在短期内爆发式增长。

"公园的环境好极了,创造了最高的流浪猫容积率。"艾欣女士愤愤地说,"人们说这座城市设计出了中国一半又丑又蠢的建筑,撒谎,那些喝着工夫茶打着游戏的家伙太有天分了，随随便便就打造出5公顷神仙福地，可惜它被杰利克家族邪恶的成员占据着，他们居然还向那些流浪猫提供五星级伙食！"

愤怒让艾欣女士的眉头紧蹙成一团。她的模样让易谷丁想起《异形》中性格坚毅的雷普利。易谷丁推测，如果——只是说如果——艾欣女士像雷普利一样怀上了异形之子，她会视死如归地纵身跃入熔岩之中，不会有任何犹豫。

易谷丁的具体工作是去S公园，说服公园取消对流浪猫的投食行为，对流浪猫进行有效的种群限制管理，如果可能，成为协会的工作样板——经过十数年艰难努力，协会已经在1090个公园中拥有了3个成功样板，它们帮助协会克服了法理的正当性缺失问题。毫无疑问，易谷丁接受的是一份有意义的工作。

易谷丁不费吹灰之力就找到了他要找的人，S公园管理中心来主任。那是一位和蔼可亲的中年男人，脑门上的发茬剃得像涂了一层光环，他很客气地为易谷丁倒茶，在易谷丁礼貌地表示不会接触公共器皿后，他没有表示出丝毫生气，眼睛不断地透过易谷丁身后的窗户往室外看。易谷丁知道自己遇到了什么样的角色，这方面他经验足够，他当然不会让这位注意力涣散的工作对象从自己手里溜掉，于是他立即进入主题，告诉S公园的最高官员他是谁，来做什么。

易谷丁的计划是,他将告诉来主任,他的组织——现在他是其中一员了——对流浪猫在 S 公园及周边地区伏击其他野生动物的行为做了长达 37 个月 9 天的观察,记录下大量犯罪现场血淋淋的视频。这是一个说法。实际上协会有 S 公园的全部资料,甚至比需要的还要多,易谷丁会通过随身携带的 RoWrite 智能手写本——那是他的公司的产品——向对方逐一展示那些看上去极可能导致呕吐的资料。这一点很重要,它们会将伤害情况从毫无滋味的外卖餐饮体验立刻转化为"北海渔村"生龙活虎的海鲜大餐体验。在这以后,他会告诉对方他们共同面对的难题,以及他们将如何携手解决这些难题。是的,他的协会有一份"入侵者清除计划",在长达 1242 页的文件中,理想的首选方案是对目标采取逐一收容措施。可现实是,人们宁愿收容股票、证券、比特币和孤独,被迫接受忙碌、操劳、边缘人格障碍和病毒的入侵,也不想在家里安放一个只需花费 15 块 9 毛钱就能从网上买到的蛋挞猫窝。事实上,在协会众多的表格中,收容这件事情的数字记录少得可怜。接下来他会使用一个设问句,问对方是否听说过 Trap-Neuter-Return 计划。这是"入侵者清除计划"中排在第二位的方案,简单地说,就是抓住那些流浪猫,为它们做绝育,然后放回原地。这个方案十分温和、边界清晰,回避了令人讨厌的社会伦理舆情,不会因为与对立组织的价值冲突酿成社会事件。缺点是,那些行迹狂浪、生性诡秘和满身疾病的野蛮物种比江洋大盗还难对付，它们会把一支支诱捕队折磨得神经错乱，从而产生高额的诱捕经费和人力投入，而效率却低到任何赞助者都会对此提出疑问。问题是，即使他的协会已经解决了费用问题，Trap-Neuter-Return 计划也有个令人绝望的前提，必须在目标种群中保证71%~94%个体绝育率，可除了拜托超能力，人类根本做不到这个。这样他就不得不提到"入侵者清除计划"中的第三个方案，诱捕和安乐死。说起来，这个方案的技术手段相当简单，采用每千克体重0.3到0.5毫升量的10%氯化钾对猎物进行快速静脉注射，替代处方是凝血剂、巴比妥钠、硫酸镁和安眠药，高浓度的钾离子会在瞬间导致心脏传导阻滞而停搏，整个过程毫无痛苦，对受施者是一种幸福的归宿。但和第二个方案一样，该方案也需要对目标进行诱捕，所以，这两项计划始终停留在理论层面，这也难怪抛撒毒香肠和直接射杀手段被一次次提上"入侵者清除计划"议程。可是，协会拒绝一切野蛮的提议，在经历过清人入关时令人发指的大屠杀之后，谁也不想做吴三桂，放任"扬州十日"和"嘉定三屠"惨案再度发生。

好了，一切都会按照计划坦率地端到桌面上来，没有任何罗织经和阴谋论藏着掖着，接下来，易谷丁会诚恳地告诉Ｓ公园最高管理官员，瞧，问题十分清楚，遏制流浪猫不是一件容易的事情，它需要全社会的协助，Ｓ公园应当在总体性社会框架中履行自己的义务，积极投入其中，人力资源学怎么形容这个？

可是，没等易谷丁实施计划，他刚刚开口提到"流浪猫"3个字，来主任就打断他的话。

"好的，好的，您说得很好，"来主任幸灾乐祸地说，"如果我没理解错，您是为猫的事来的，对吧？这事您找我没用，得找老主任。"

"你们几位主任？"易谷丁不解。

"职数就一位，现在是我。"来主任谦逊地答。

"您看上去不老。"易谷丁困惑。

易谷丁很快知道发生了什么。来主任接手主任职务不到一周，前主任离退休年龄还有十年，因为身体不适退居二线，不过仍然担任部分管理工作，流浪猫正是前主任的分管范围，事情涉及东岳泰山大帝坐骑，易谷丁得去找那位分管它们的神人。

经来主任热心指点，易谷丁很快找到了前主任。他叫福山，对，和写《历史之终结与最后一人》那位日裔美国人一个叫法，不同的是，美国学者姓福山，他姓福。

易谷丁见到福山的时候，福山在公园一处花圃里，正蹙着稀疏的眉毛，用一块大号创可贴包扎淌血的手指，身边散乱地放着枝叶剪、小叶剪、手锯和花撬。

"抱歉，让簕杜鹃扎了一下。"前主任一脸愁苦地说。

一位公园资深管理者被他管理的市花咬了一口，这得有多可爱才能做到。易谷丁不由得在阳光下打量前主任。

他个子矮小，长着一头茅针状的斑白头发，穿了身松垮垮的米色工装，浑身透露出某种无法聚焦的怯懦气息；他人蔫蔫的，看上去的确体弱多病，完全不像五十岁左右的人。易谷丁心想，美国的福山认为历史是自由民主的历史，人类因为获得平等认可而终结历史，他没有说人类历史包不包括流浪猫，但持如上观点的福山显然不会支持自己的协会。而面前这位前公园管理者福山，他会支持哪种解决方案？流浪猫的自我演化还是来自人类的武力解决？

他们坐在花圃旁一块凳子造型的大理石上，他们身旁有条漂亮的巴劳木栈道，仿佛专门给阴鸷丁丁的樵夫们修建的，蜿蜒通向妖娆的滩涂。几块被海水冲刷得浑圆的礁石顽皮地躲在栈道尽头，背后是茂密的胎生灌木，灌木一半浸在慵懒的海水中，一半伸向宝石般湛蓝的天空。老实说，这是杜穆里埃哥特小说里的场景，坐在这里谈论对那些正在大肆破坏种子传播、植物授粉和虫害防治的家伙的最终解决方案，实在有些怪异。

公园里空气清新，可易谷丁对它的信任不复存在。在他连续两次整理口罩的暗示下，老头儿有些不情愿地从工装口袋里掏出皱巴巴的脏口罩戴上。

易谷丁发现坐下来以后，老头儿的目光一直朝西北方向看，好像在警惕什么，好像他胆子很小，这显然不对，要知道他是这座公园的土地爷，他们坐在他的地盘上，他实在没有什么好害怕的。易谷丁顺着老头儿的目光看去，那是蛇口港方向，他推测那和老头儿有某种关系。果然，老头儿告诉易谷丁，他是蛇口土著，如今还住在那里，最早在招商局工作，因为得了某种地方病，痛风、地中海贫血或者饮水型氟中毒，几年前调到城市管理和综合执法局公园管理中心做了一份闲散的活。听口气，这位美丽伊甸园曾经的主人对离开家十几公里工作有某种不满。

他们很快进入主题。

交谈相当顺利，无论易谷丁说什么，老头儿都能接上，而且给出鲜活的实证。易谷丁聊到生物的防御行为、觅食方式、压力反应和生殖习惯影响，老头儿马上讲了一件事情：去年公园来了一只雌性云猫，大约是从南山上下来的。那家伙在公园里盘桓了两个月，在内湖、映日花海和管理区地下室一带出没无常。公园员工发现，它进入海边潮生带树林那几天，栖息在林子里的鸟儿们惊恐地停止了捕食，一对红喉潜鸟夫妇甚至惊慌失措地打算把刚产下的两只卵搬运到别处去，结果慌乱中打碎了其中一只。

"红喉个头小，搬不动自己的孩子。"老头儿总结说。

"尤其遇到猫。"易谷丁点头，"有记录显示猫捕杀过207种野生动物。"

"错了。"老头儿立刻纠正易谷丁，"213种，我观察过。"

老头儿绘声绘色地讲述了一只易谷丁资料中编号为S-0062的金色橘猫如何将一只误入人间的蝠尾蝠从屋檐下诱惑到树林中，再从树林中驱赶到草地上，成功地将那只域外来物撕成肉松吃下肚子的场面。然后老头儿又说到一只易谷丁资料中没有记录的灰色奇多猫如何杀死一只蛋青色布偶猫的故事。那个被女孩们宠爱有加的温柔宝宝当时正在袭击一只攀缘在紫荆花丛中的金斑喙凤蝶，它没有想到自己居然会遭到本族群一名凶悍者的攻击，落得开膛破肚的下场。就是说，凶手创造了如下历史：它救了一只濒危的国家一级保护动物，而它的捕杀对象名单中添加了一只同类。

"它被宠坏了。"老头儿摇摇头，叹了口气说。

"谁？"易谷丁没听懂对方指的是布偶、金斑喙还是奇多。

"我说的就是这个。"老头儿肯定地说。

交流相当愉快。至少易谷丁这么看。他甚至冒出个念头，"大地母亲协会"犯了个错误，他们应该请这位退役的公园管理者担任协会的重要干部，而不是将他列为工作对象，这样协会的工作就有利多了。

"是啊，"易谷丁归纳俩人之间的谈话，"无法无天的家伙，它们对野生动物的杀伤远远远超过汽车撞击、施毒、高层建筑对野生动物的伤害数量。"他觉得他们就要达成一致性意见了，10个月来，他第一次感受到乐观是什么滋味。

"你是说，"老头目光怯怯地看着易谷丁，稀疏的杂色长眉在阳光下熠熠闪烁，"人比流浪猫善良，还是人没来得及干掉它们？"

入侵物种

"唔,"易谷丁在口罩的掩护下宽容地笑了一下,"您在美好的环境中工作,司空见惯。事情不光在金色橘猫和蛸尾蝠之间发生,也不是奇多和布偶与金斑喙凤蝶3位的私人关系,情况比这个复杂。"

"哦?"

老头儿抚摸着裹着创可贴的指头,好像那里有一朵生机勃勃的苞片,正在预谋长出3朵娇嫩的花瓣。这让易谷丁感到不舒服,感觉喉咙发痒。他立刻下意识忍住,让自己别咳出来,那样的话,他可能被对方当作疑似。

"也许您知道,"易谷丁决定加一点砝码,向这位公园的先知提示一组来自国际权威组织文献中的数字,"每年全球丧生在流浪猫爪下的鸟类有数十亿只。"

"是啊,"老头叹息一声,脸上露出痛苦的表情,"还有同样数量的哺乳动物。"

"它们有的已经灭绝了。"易谷丁不失时机地打开RoWrite智能手写本——它终于派上用场了——向老头儿展示协会花费多年时间建立的两种数据模型视频,证明至少有63个物种的灭绝与流浪猫有关。

"谁说不是,情况就是这样。"老头儿羞涩地看了看脚下的工具袋,站起来,把滑出袋子的花撬抄在手上,"那么年轻人,说了这么多,你究竟要我做什么?"

"做'大地母亲协会'的合作者,参与'最终解决方案计划'。"易谷丁跟着站起来,诚恳地说。

"不。"老头儿回答得很快,"不行。"

"不行?"易谷丁的意思是,事情很清楚,难道还有什么问题?

"法律没有赋予公园驱逐任何动物的权力,公园也没有向任何动物发出过邀请函,我们只能维持现状。"老头儿斟词酌句地说。

"难道您愿意看着那些猫创造第64个物种的灭绝记录?"易谷丁直接说出罪恶后果。

"问题不在它们。"老头儿狡猾地说,"按你组织的权威报告推论,这些罪孽全是在人类援助下做出的,对吧?"

易谷丁愣了一下。他当然不是这个意思,但老头儿说得对,人类生产了流浪猫,至少理论上如此。它们发出一种类似人类婴儿的高频音呼噜声,由此获得人类的认同,人们建立起繁殖和品种改良工程,制造出家猫,宠爱它们,再把它们遗弃掉,它们带着人类的意志和源源不断的生产链,毫无悬念地涌入自然界,击败大多数本土猎食者,对生态造成恶劣影响。

易谷丁回头去看远处的海边滩涂。一些黑色的海鸬鹚和黑白色的琵嘴鸭在那儿忙活着觅食,勺形喙胡乱甩动着贝类和浮游生物。不远处的草地上,一群张开褐色翅膀的鸦鹃蹦跳着追逐一只懒洋洋的白色琵鹭。它们完全不知道,不到100公尺远的潮间带树林里,此刻有上百双饥饿而贪婪的广角眼在窥视着它们。好比排骨莲藕汤。易谷丁的意思是，在他爱妻的家乡，过年时有个习惯，家家户户要煲莲藕汤：三分肥猪大排，九孔荆沙粉藕，柴火或煤火慢炖3小时，带着油汤盛上满满一碗，趁烫嘴咬上一口，藕断丝连，意味着好运连连。爱妻挽着她姥姥的胳膊，祖孙俩去菜场买肉挑莲藕，一路说着方言笑话，对菜场里弥漫的黑白两色病毒浑然不觉。想到这个，易谷丁很难控制住溢上胸腹的愤怒情绪。

易谷丁收回思绪，发现福山已经走远了。他沿花径追上去，来不及从口袋里掏出一次性塑胶手套，就从老头儿手里抢下工具袋。在长达10个月的时间里，他从不触碰他人物品，连电梯按钮和电子锁也会隔着一次性手套，但现在他打算绑架老头儿，除非老头儿愿意走出合作的一步。

"年轻人，我帮不上你，你应该去找那些决定这一切的人。"老头儿看了易谷丁一眼，眼神就像易谷丁是一株不缺少阳光雨水却不肯认真生长的植物。

"那些猫已经感染了。"易谷丁压抑住焦急，"还有它们的徒弟老虎，还有狮子、水貂、狗和猩猩，它们也感染了。"

"越来越多，还会更多。"老头儿忧心忡忡。

"总得做点什么。"易谷丁的意思是，"我们总得做点什么。"

"比如？"

"欧洲人扑杀了两千万只水貂。"易谷丁举例。

"我们扑杀掉地球上的猫，接下来再杀死所有的狗、猴子、松鼠、绵羊和抹香鲸？"老头儿无赖似的看着易谷丁，这会儿一点儿也看不出他是个胆小的人。

易谷丁脑子里像打翻了一盆糨糊，他隐约意识到，这位看似羞涩的老头儿完全就是施特劳斯的保守派弟子，是他同姓美国学者的同胞兄弟，自己根本不是他的对手。

那天晚上易谷丁和陶大夫通了视频。那是他第一次看见陶大夫的脸。一位眼睁睁看着人类排着长队走向抑郁之牢的可怜人的脸，易谷丁为对方的憔悴感到愧疚。

易谷丁说他想和自己的心理医生聊聊。陶大夫邀请易谷丁去他家，他有一间工作室，布置得相当舒适，他们可以一边听尼泊尔音钵一边聊。背景声中，易谷丁的确隐约听到绵长的金属振动频率，让人想把身体里的垃圾情绪交出去。但他婉拒了。他认为世界没有准备好重新开启，人们不得不接受隔离的现状。

易谷丁告诉陶大夫 S 公园发生的事情，他遇到了什么。他说了自己的感受，好像他不是在某种认知冲突中纠缠了 10 个月，而是丢失了整整 100 年，昨天才返回人间，完全不知道世界发生了多大的变化，他为这个而不知所措。

陶大夫让易谷丁等一会儿，他去处理了一点事情，然后重新回到镜头前，手里多了一杯颜色可疑的液体。

陶大夫问易谷丁，知不知道猫鬼的事。易谷丁小时候听说过猫能役鬼，但不知道猫凭什么神力变成鬼。陶大夫简单解释了一下，大约是某些有特殊能力的人，他们挑选样子怪异的猫养起来,一直养到老,需要的时候捉一只,念一番咒语,杀掉老猫,老猫的魂就变成了鬼,供豢养者随意差遣。

"能做很多害人的事。"陶大夫总结说,同时相当受用地啜了一口玻璃杯里的可疑液体。

"听起来是个令人讨厌的故事。"

易谷丁说的是实话,这是治疗师与他的约定,无论多么黑暗,他需要把自己的感受说出来。比起幽灵猫,他更愿意听陶大夫讲那只著名的信天翁的故事,主人公无端地射杀了一只信天翁,以致水手们一个个死在他面前,每个死者的眼睛都睁得大大的,盯着主人公。心理学大夫都是潜在的作家,陶大夫肯定读过柯尔律治的《老水手行》,他应该和那位深陷忏悔的老水手一样,把那个可怕的故事讲出来。

"我不认为猫的问题有多难。"陶大夫说,"如果这都应付不过去,还有比它们更聪明的动物,要是遇到章鱼、大象、猩猩、海豚和鹦鹉,我们怎么办?"

"你的意思,人们只能眼睁睁看着,什么也别做?"

"有些禁忌得尊重,凡是违背希波克拉底誓言的人,都会受到自然的惩罚。"

"我只有一个妻子,"易谷丁被对方的超然物外激怒了,"我没有336万个妻子可以死!"

"适当宣泄一下情绪对你现在的情况有益。"陶大夫沉默了一会儿,警告说,"或者换一种方式,说服福山先生,放弃给流浪猫投食,但别去碰你不了解的事情。"

接下来的几天易谷丁都在 S 公园。每天一大早他就去,在远离人群的地方踱步,等待福山出现。据员工说,老主任办了离职手续后不再按出勤时间到园,他有饮早茶的习惯,那种岭南人喜爱的单丛,茶汤酽得像正在凝结的朱古力,三泡下去,人就像优质油井似的冒汗,爽快地冲个凉,换上宽松的干净衣裳,这才慢悠悠出现在公园里。易谷丁想,野猫习惯在清晨和黄昏时分独自潜进丛林,吸毒似的啃啮薄荷叶或者紫苏叶,同时让自己被露水淋个透湿,这一点,他和它们习性相似。

一位身穿运动衫戴着运动手环的中年人步伐矫健地从易谷丁身边跑过。"生命多美好!"他兴高采烈地对易谷丁喊。

"戴上你的口罩!"易谷丁回敬他。

易谷丁也打听到一些协会资料里没有提供的情况。S 公园的确给流浪猫提供了定点定量的免费午餐,以便它们尽可能少去研究垃圾桶里的弃食、追逐草地上的鸟儿。公园规定员工不得私下向流浪猫投食,福山本人也从没用猫饼干或者生日宴的残汤剩羹向躲藏在树林中的危险分子们献媚。反而是,易谷丁目睹了一次对投食行为的驱离事件。

有位获得"爱心大使"荣誉称号的年轻明星——真正的明星,拍化妆品广告或者演小品那种——那天带着一支摄影队，身后跟着一众仰着迷蒙脸蛋的粉丝来到公园施善。年轻的"爱心大使"穿着朴素的棉布衬衣，施了淡妆，健康、友好、模样儿干净，完全符合他拥有的荣誉。易谷丁一眼认出了他，同时认出他的助手从福特E350行政房车里搬下的两箱宠物火腿肠。易谷丁在资料清单中见到过，它们是昂贵的纯种冠毛犬或者热带草原猫的奖励级零食，据说有补钙和增智作用，能让宠物长出金钢的身子骨和最强大脑成员的智力。

助手们为"爱心大使"补好妆，布置好反光板，将流浪猫中的雏子，那些被人遗弃不久，还不完全懂得户外世道的家猫引诱出藏身地，摄影师开始拍摄。在粉丝们景仰的目光下，"爱心大使"正准备为小可怜们赠送爱心能量棒，公园安保赶来阻止了他。"爱心大使"的助手坚称这是一场爱心推广行动，拍摄——投食必须按计划进行。公园安保不由分说，收缴了宠物香肠。这就引发了一场骚乱，场面一度失控。受到打击的是粉丝，那些从十几岁到四十多岁的孩子和孩子他妈激动得浑身发抖，眼泪泼洒在高高举起的直播手机上。"爱心大使"什么也没有说，他假装微笑，脸上带着一丝想要拯救蓝色星球却遭到愚昧者围攻的深深委屈。

易谷丁看见来主任远远朝这边走来，见草地上闹成一团，他站住了，像是想起什么需要急办的事情，扭头走开。然后，福山走进公园，他立刻被拽进人群中。

"我听过您的歌,很喜欢。我老伴也是。"福山一脸巴结地对"爱心大使"说。

"您太客气了。""爱心大使"眨巴眼睛。

"但不等于您可以在公园里向动物投食。"福山说。

"这样?""爱心大使"一脸无辜。

"刚才给你宣读过公园管理规定。"安保气宇轩昂地说。

"刚才那位可爱的妈妈也给她的小宝宝一袋零食。""爱心大使"迷人的眼睛里噙着一点泪水,"它们太可怜了,我把它们看作我的孩子。"

粉丝们尖叫,感动得哭了。

"女士,"老头回头问"爱心大使"提到的那位年轻妈妈,"您会抛弃您的孩子吗?"

"你胡说什么!"年轻母亲愤怒地把幼儿圈进怀里,孩子快要喘不过气来了。

"您是个善良的孩子。"老头回头对"爱心大使"说,"您养猫吗?或者狗、羊驼、蜥蜴、乌龟、迷你猪、蚂蚁和大象?"

"不,一样也没养。""爱心大使"怅然若失,"我很忙,太忙了,社会需求剥夺了我全部时间和精力。"

"您会把公园里的猫都带回家里,"老头毫无同理心地继续问,"照顾它们,一代代供养,它们死后好好埋葬它们,会吗?"

"爱心大使"把目光移开,深情地看着远方的云彩。他肯定在心里想，人怎么会这么刻薄？这个世界怎么会允许割裂存在？

"您看，您不是它们的监护人，不会照顾它们一生，那就别理它们，不然您不在的时候，它们会因为饥饿吃掉自己的孩子。"老头脸上看不出一丝感情，然后他扭头对粉丝们说，"你们也一样。"

"爱豆没时间，我们来陪他……陪猫咪！"有粉丝激动地喊。

"好的，我这就离开。""爱心大使"放弃了。

"不，孩子，你没听懂我的话。"老头铁石心肠咬住不放，"你看，你把事情弄得一团糟，你得跟这两位小伙子去管理处，按规定接受处罚。"

老头儿在找打。他惹怒了粉丝，她们差点儿没把他的脸挠成筛子。好在公园资深管理员不缺乏对付仙人掌、刺梅、锦鸡和玫瑰的经验，他佝偻着腰抱着脑袋灵敏地从人群中突围出来，手指头竟然完好无损。

易谷丁始终站在人群外，隔着安全距离观察这一幕。他快走几步追上狼狈逃窜的老头儿。

"这不说明什么。"老头儿脸色苍白，浑身发抖，不断看身后，担心粉丝们追上来。

"您刚才说，它们会因为饥饿吃掉自己的孩子？"

"确实血腥，但我不会猎杀它们，想也别想。"老头儿一副无赖相，"动物间的战争是它们的事，我不会插手。"

"至少您可以做一件事。"易谷丁说,"别给它们投食,按您的观点,您和您的员工也不是它们的监护人。"

老头儿站住,回头看易谷丁。他的目光很奇怪,是一种看待不同生物种群的陌生目光。

"你觉得你知道多少?"老头儿问易谷丁,回头指了指那条栈道的尽头,那片潮生带树林,"看到了?那片林子,那一小片,不大,知道每天都在发生什么?洄游虾吃掉水蚤和硅藻、弹涂鱼吃掉毛虾和磷虾、招潮蟹吃掉脊塘鳢和美肩鳂鰤、勺嘴鹬吃掉栉孔扇贝和糙鸟蛤、琵嘴鸭吃掉文蛤和泥蚶、小白鹭吃掉蟹守螺和黑荞麦蛤、青脚鹬吃掉凤螺和粒核果螺、大白鹭吃掉西施舌和红树蚬、卷羽鹈鹕吃掉梭子蟹和关公蟹、黑脸琵鹭吃掉树蛙和牡蛎、白头海雕吃掉老鼠和蜥蜴。"老头儿怒气冲冲地说,"你不去问它们为什么要吃?吃了多少年?还有,那片林子原来很大,一眼望不到边,现在它就剩下那么一丁点儿了,可它不是被动物吃掉的,是被人毁掉的!"

老头儿一口气说了那么多,然后狠狠瞪了易谷丁一眼,走掉了。

那天晚上,易谷丁接到小彩的邮件。忠实而贴心的助手热情地问候了上司的身体情况,祝他假期快乐,并上传了两份公司"年度人员结构分析"和"部门人员编制增减计划"表格,告诉他可以晚一点再签。易谷丁确定"身体"和"快乐"不是小彩的本意,TA暂时还不具备这方面的感同身受，而且他俩一样，受制于更高一级决策层，做不到为所欲为。但他有预感，总有一天小彩会突破奇点，完成算法的革命，把他变成 TA 的数据，而在 TA 的众多算法中，一定有一份对他的"最终解决方案"。

稍后陶大夫打电话过来。那个时候，易谷丁正坠落进冰冷的情绪峡谷，僵尸似的站在厨房里，犹豫着是否要套上围裙，拉开调料柜，重启辣椒酱、猪油、鱼露、胡椒、食盐、味精和香菜碎的蘸料研制。

"知道袁庚吗？"陶大夫开口就问。

"蛇口拓荒人，传奇人物。"易谷丁干巴巴回答。

"在港大读完博士后我过河来到深圳，等待分配时读到一本写他的书。下午给一个患顽固性失眠的孩子做疏导，突然想起那本书，有件事，可能你感兴趣。"

陶大夫说了那件事。他提到的那位蛇口拓荒者，40年前在蛇口搞开发区时收留过一个9岁的男孩。男孩全家偷渡去香港，中途船翻了，男孩被潮水冲上滩涂，家人全都遇难。男孩成了孤儿，一个人生活，和他一起的还有一只家里没带走的老猫。那会儿蛇口已经变成了一个大工地，到处都在开山填海，男孩家也被拆了。政府把男孩送去宝安一家孤老院，那里住着一些孤寡老人，他们对一去不回的家人充满怨恨，听说男孩逃过港，合着伙欺负他。男孩斗不过老人团，偷偷溜回蛇口，找到老猫，带它去工地捡垃圾，偶尔也偷点什么去镇上变卖，夜里没地方住，就睡在工地上。岭南多雨，遇到台风天更麻烦，下雨时男孩就带着老猫躲到挖掘机下，他知道一些炸山时挖的炸药室，遇到台风他就带老猫顺着绳索下到炸药室里，抱着炸药箱躲两天。无数个寒冷的雨夜，男孩和老猫都很害怕，他只能和老猫说话，说着说着就睡着了。直到一个台风天，男孩和老猫来不及躲进炸药室，老猫被飓风掀翻的挖掘机砸死了，男孩受了伤。刚好，那位拓荒者带人冒着台风上工地检查，救了男孩，并且收留了他。

"男孩叫什么名字？"易谷丁问。

"书上没说。"陶大夫说，"我感兴趣的不是这个。"

陶大夫感兴趣的是那个拓荒者，他当年受命重组招商局，为濒危中的国家杀出一条血路，中央说好不给资金，给土地和政策，拓荒者盘算了几天，咬牙要了蛇口的10.85平方公里做开发区。中央问他为什么不要全部蛇口。他要中央就给，蛇口的每一寸土地都是他的。但他没要。

"什么意思？"易谷丁想不出孩子、拓荒者和土地的关系。

"现在提你妻子，你不会介意吧？"陶大夫在那头问。

"你来电话时，"易谷丁说，"我正考虑是否为她研究一道菜。"

"这我就放心了。"陶大夫一点也不在意易谷丁对自己建议的轻慢，"你想想，如果拓荒者当时要下蛇口，我是说，蛇口全部土地都归了他，那我们现在就是招商局的人了。"

"那又怎么样?"

"那又怎么样?那又怎么样?"陶大夫生气,"这可不是人力资源管理师说的话。如果那样,就没有你的彩色柔性显示技术公司,你也不会遇到你妻子,不会走进婚姻,不会成为我的病人,我们根本不会认识。"

"是吗?"易谷丁觉得自己的声音中有一种陌生感。

"就算我们还在这儿,也不过是一个庞大的企业帝国数千万员工中的一员,我们只是一个编号,而且只剩下它。"陶大夫停顿了一下,"我打电话是想问你,你怎么评估这件事?"

易谷丁站在那儿,嗅觉里充满了负氧离子的味道。他尝试着在头脑里组织刚刚获得的那些信息,突然灵光一闪。但他没说出它,挂断了陶大夫的电话。

第二天,易谷丁在公园等了差不多一天,直到快下班时,福山才姗姗来迟。那之前,易谷丁沿着福山讲的故事中那只云猫曾经的活动区域来来回回走过几趟,和那些干净的、邋遢的、健壮的、孱弱的、漂亮的、丑陋的动物一一说过话。他和它们都很安静,没有人发现这一切。

"年轻人,我真的帮不了你。"看见易谷丁,老头儿一副无可奈何的神情。

"能问您一个问题吗?"易谷丁说。

老头儿显得非常无辜,脸上写着愿意回答易谷丁所有问题,只要能摆脱他纠缠的表情。

"那个台风天发生了什么?"易谷丁盯着老头儿的眼睛,"我是说,40年前那个风雨大作的台风天,他对你说了什么?"易谷丁没提拓荒者的名字,他想对方知道。

老头儿闭上眼睛。他在困难地调动稀薄的回忆,以便重新体验那段逝去的岁月。阳光从他头顶照射下来,这让他稀疏的眉毛像极了两撮白色的猫胡须,看上去他真的病恹恹的,令人担忧。有风从蛇口方向吹来,绕过他们去了别的地方。差不多一两钟时间,一切都静止了。然后他睁开眼睛。

"他问了我一句话。"老头儿说。

"什么?"

"仔仔,有冇地方住啊?"

"就这?"

"嗯,就这。"老头儿说,"我说冇。我说的是实话。我很伤心,我的猫被砸死了。"

"他呢?"

"他看了我一会儿,手伸进挂包——"老头儿伸出两只干枯的手腕比画着,"他背着一只挂包,那种黄色帆布的。他在挂包里摸索了一阵,掏出一只压扁的面包塞给我,要我吃掉。然后他回头对身边一个年轻人说,猫埋了,仔仔弄进局里,找人教他念书,让他做点什么。"

"就是说,他收留了你?"

"那会儿我什么也不明白。"老头儿苦笑了一下,"他身边跟着很多人,他和那些人吵架,吵得最狠的是一位香港人。香港人生气地质问他:'点解唔落蛇口?要几多钱都可以念计噶,点解摆喺眼前嘅机会唔要呢?'"

"他呢?"

"他好像很痛苦,好像看见了魔鬼,脸上是害怕的神色。"

"害怕?"

"害怕。"老头儿点头,"雨打在他脸上,他跺着脚对那那个香港人喊:'唔系,唔系,我哋唔做统治者,唔做入侵者!我哋只要唔死,都要其他人好好咁活下去!'"

易谷丁确定陶大夫看过的那本书里没有写这个。写不了。他看着老头儿,等待他下面的话。

"我听不懂他们在吵什么。我饿极了,只顾着大口往嘴里填面包。"老头儿朝西南海湾方向深深地看了一眼,空中响起他温柔的声音,"40年过去了,我还记得那只面包香甜的味道。"

易谷丁在S公园待到很晚。他在公园里不断走动,一直走到月亮升起来。一群晚归的白头鹎吵闹着从他头上飞过,去了南山方向。不知道在接下来的时间里,它们当中有谁会在某处滩涂觅食,或者在某处丛林栖息时死于非命。他觉得自己就像一个无所作为的入侵者,不知道入侵了谁的领地,又被谁入侵了,对任何系统都没有建树和破坏。他决定给陶大夫打电话。

"你怎么想消失这件事？"易谷丁问电话那头。

"有台手术等着，稍后回复你。"听得出那边的人在快速移动。

"就一句。"易谷丁央求。

"好吧。"陶大夫无可奈何，脚步停下来，"对多数人它是一个数字，对消失者身边的人它是整个世界。"停了一会儿，他说，"作为朋友而不是医生，我希望你知道，原来的世界不在了，你得重新建立一个新的世界。"

"是的。"易谷丁想了想，在黑暗中点了点头，"是的。"

挂断电话，易谷丁决定结束 S 公园的一切，回到抑郁的另一头——回到小彩身边去，恢复工作。他不确定经历过这些事情之后，他和小彩之间的关系是不是会有微妙的变化。这很难说。他们不是同一物种，决定他们关系的不是变化，而是决定本身。这么想过，他朝停车场走去。走出一段路，他停下来，慢慢回过头。

他身后有一支蜿蜒的队伍，顺着他的影子一直通向黝黑的海湾。他看清楚了，是它们，那些资料上记录的流浪猫，它们有上百只，在如洗的月光下排成整齐的一列，默默跟在他身后，纯白、纯黑、黑白、虎斑、玳瑁、姜黄、钴蓝、金红、茶褐、金橘、浅粉、淡梵……

2021 年 1 月 8 日
于听山室

豆子去哪了

"我走得太快,没有留意在什么地方拐了个弯,把自己弄丢了。"

我俩,以及人们,我们不知道在哪里拐弯,才能离开原来的地方,在未知处相遇和失去。

那天,我在青山宠物公墓埋葬了豆子,向宠物医院业务员支付了佣金,打发掉他们,坐在洒满阳光的草地上,一边打盹,一边考虑是否从通勤包里掏出铅笔刀,在蜂环蝶绕的背景下干点什么。这个时候,电话响了。

电话那头是陌生人,紧张的女中音,说她叫 Mo chen。我问哪个 Chen。对方犹豫了一下,说,"允尘邈而难亏"那个"尘",您不认识我,我是 Lu Jian 的学生,想见见您。

冬天的阳光懒洋洋的,适合冥想和羽化,有一会儿,我没有说话,没有问"哪个 Jian"。我觉得不用,用不着。

豆子是只杂种狗,十三年前我领养的。我没有主动领养,我猜它被原来的主人遗弃了。那会儿它差不多三四个月大,可怜巴巴蹲在街头,被冷冽的雨水淋得瑟瑟发抖,样子就像一团泡涨了的抹布。我从地铁口出来,它抬脸看我,目光老成,眼神就像和众生背道而驰的本杰明·巴顿。我确定它不是那个忧伤的孩子,我和它没有血缘,我们之间没有债权债务,但前世就难说了。回到政府人才公寓,我做完该做的事情,给自己泡了一杯茶,慢慢喝完,重新穿上湿衣裳,返回街头。本杰明·巴顿还等在那儿,像是笃定了我会回去,完成命运轮回。街上很干净,雨水像一粒粒亮晶晶的豆子,欢快地在马路牙子上跳跃滚动,让人相信我们身处美丽新世界,可以自由前往任何目的地。我数了会儿街头驶过的车,蹲下来,看着狗雨水迷津的脸说,如果愿意跟我回去,你就点头。它呜咽着,把湿漉漉的脑袋别到一旁,委屈地点了点头。

我没有告诉豆子,下班前,公司技术研发部总监约我谈话,告诉我,我负责的项目补充经费申请被驳回了,如果年末项目还没有起色,公司将考虑调低我的期权档。当然,我也可以不接受,另谋高就,离开公司去别处发展。我也没有告诉豆子,在回到公寓之后,我脱掉湿衣裳,光着身子,从微波炉里拿出一只清洁袋,从袋子里取出铅笔刀,用酒精仔细为铅笔刀片消了毒,走进盥洗间,打开喷头,在疤痕无数的手腕上找到一处新鲜位置,用刀片安静地划出一道口子。皮肤快速翻卷着绽开,血液迟疑了片刻,像成熟果实的果浆一样喷溅而出,顺着沐浴流淌下去,在脚边形成一团旋涡,我愉快地看着它们,情绪很快平复下来。接下来,我需要再一次去社区医院做伤口抗感染治疗了。

那天的雨,一直下到第二天中午才停。我和豆子从那天开始,一起度过了十三年,那是我生命中最正常的日子。

黄昏时分,我在港大医院见到打电话的人,莫尘。她是那种需要屏住呼吸才能看出模样的年轻人,二十五六岁,个头不高,线条分明的窄脸,一溜没有光泽的短发僵直地贴在同样没有光泽的额头上,穿一套还算合体的蛋青色中式套裙,裙摆皱皱巴巴,像休渔期闲置不用的麻罟。这么说可能不礼貌,但我很少看到如此不注重修饰的女性,我猜她起床后只是胡乱用清水洗了把脸,如果她昨晚的确睡过觉。我心里想,她在电话里介绍自己,为什么不说她是"尘埃"的尘、"尘俗"的尘、"尘念"的尘、"表里无尘"的尘、"咸阳古道音尘绝"的尘、"适自尘蔽于已"的尘,而要说"允尘邈而难亏"的尘,这里面有何见教?

港大医院离海湾近,前蚝田和基围虾池魅影犹在,令人作呕的金属异味不断传来,这并没有妨碍我很快从莫尘嘴里得知下面的故事:著名老庄文化学者陆荐先生昨天来到这座城市,做了他计划中第一场演讲。按照莫尘的说法,和以往一样,演讲效果出奇地好。官方网站称,这座以重商著称的城市当天刮过一道清新的旋风,它为匆匆行走在利益刀锋上的人们留下耐人寻味的启蒙之光,人们对他的渴求远远胜过两位正在此地做路演的科技狂人的新品推介会。要知道,科技智慧才是这座城市的精神桂冠,科技败给传统文化,这还是第一次,这让某些资本大佬十分窘迫,也使这座城市的市长感到不安。接下来,陆荐大师还有两场演讲,可是,昨天晚上,在接待过几位专程过境来拜见的港大和科大学者后,大师忽然感到强烈不适,他开始呕吐,并试图打开酒店67楼的窗户,从那里飞身而下,被取药回来的学生制止住。邀请方很快将大师送进医院。检查很细致,一切生化指标都正常,没有任何异样,但大师很躁狂,看上去异常不安,医生使用了氯丙嗪,此时,大师正在沉睡。

我目光呆板地看着面前的小个子青年。现在我有点意识到,她不是"她",不明显是,但也可能不是"他",谁知道呢?这是一个复杂问题,见面第一时间,我捕捉到对方不易觉察的鼻翼翕动、目光一掠和耳轮在黄昏夕阳下轻微的颤动,这是性定向行为在感觉系统上的敏锐反射。即使十三年前,在遇到豆子的第二天,我就离开了原供职公司,这十三年辗转数家公司和研究机构,前途始终未曾开化,但学术基础我没有忘记。不过,在完成全测试之前,我们可能连自己的基因、染色体、性腺、生殖器、心理和社会性别都弄不清楚,就像没人知道你的情绪什么时候会低落到必须切开手腕,让血流淌一阵子,或者流光,以平衡躁狂症。面对这种复杂情况,我还是保守一点,维持最初的判断,称对方为"她"吧。

"我从事药学研究,不做临床,能为您做什么?"我尽量客气地说。

"老师被送进医院后,反复提到您的名字,皮特大夫认为您对帮助他恢复平静有积极作用,建议找到您。"莫尘羞涩地躲开我的目光,大概因为把我当作钙片这样的广谱安慰剂而感到不安,"对不起,没有经过您的同意,通过数据找到您的联系方式,现在我知道,老师为什么会提到您了。"

是吗?我心想,那是什么?我在大数据中留下的职业失败案例,还是我手腕上缠裹的纱布暴露了她老师前世的某条秘密人生通道?

是的,我认识陆荐,如果他是我认识的那个陆荐的话,我们曾经是同事。

二十年前,我在内地某个科研所工作,主持一项著名的科研课题。要知道,并不是每个科研工作者都有机会接触到国家项目,在市场经济全面提速前,国项基本是科学家头上耀眼的桂冠。然而,软弱一直在戕害我,它就像温柔的吞噬菌,在我从中科大少年班毕业,赴康奈尔大学和普林斯顿大学修完硕博,回国主持科研课题数年后,慢慢吞噬掉我身上的光环,让我终于回归鸡鹜之辈,学术无望,前途暗淡,任人驱使。我有过十几位助手,每位都比我年长,比我能力强,他们在我身边待过几年后,陆续接下另外的项目,去做了别人的老板,有两位还成为我的顶头上司。陆荐是我助手当中的一个,他不同,我在那家科研机构实在混不下去,辞职离开前,他一直追随我,一步也没有离开过。他是团队中的樗栎之材,甚至于,用平庸这个词来形容他也有些过谦，要知道，他把多少事情弄砸了啊，把多少事情弄砸了啊，连所里的保洁工都瞧不起他。"陆博，今天受精卵玻片没弄错吧？""陆博，干吗不试试让氯醛糖和戊巴比妥钠复婚呢？"那种明目张胆的僭越口气，连我听了都感到愤怒！

我离开那家科研所之前，陆荐拎了两瓶"牛栏山"敲开我宿舍的门，为我送行。只有他，其他人装作不知道我向所里递交了辞职书这件事。那天陆荐喝多了，他告诉我，他不是不想离开我，他私下艾特了所有另立山头的师兄弟，他们要么觉得这是一个不太好笑的笑话，要么直截了当告诉他，他和我是一对绝配，最好什么也不做，待在我身边，别再去其他地方害人。陆荐哭得非常厉害，一把鼻涕一把泪，说遭到如此侮辱，他还不如去跳楼。实际上，在我离开那家科研所之前，陆荐跳楼的事件一次也没有发生过，只是，在抢着帮我把行李箱送到门外车上时，他失手将箱子从台阶上摔下去，箱子摔坏了，箱子里的东西撒了一地，包括几样不宜与外人道的私人用品。

当年，我困惑的是陆荐要怎么做才能把每件事情都弄砸，要知道，这个难度相当大。这件事我从来没有和陆荐讨论过，正如我不会和他讨论希伯尔特第7问题和第8问题一样，我们自身就是一对无可救药的黎曼猜想。如今，我有了新的困惑——我和陆荐，我们都是碌碌无为的科研工作者，是两条半辈子在理工科池塘里浸泡着的塘鲺，他什么时候，用什么方法让自己彻悟大道，修得金丹，蜕变成一条珍贵的鳗鲡？哦，不对，一位珍稀的传统文化学者？

我被告知，陆荐原定今天的演讲改为明天，然后他会离开这座城市，去别的地方，当然，这取决于在演讲前，他是否能恢复健康。此时，在药物的帮助下，著名学者还会安静地睡上几小时，这意味着我有时间回家换一身干净衣裳，卸掉因豆子离去带来的悲伤情绪。这很重要。在感受到同类的悲伤时，即便老鼠也会陷入共情，随之悲伤，同理，不连累他人，对已经陷入情绪不适的对象产生不利困扰，是人类社交场合的基本准则吧。

回到人才公寓，冲过凉，我给自己泡了一杯水仙。以科学的名义发誓，这泡水仙有清白的谱系，它是海峡两岸斗茶赛上的金奖荣膺者，审评号518，密码111，和我的身份指数有着某种社会样板的契合和讽喻，就像我的前世。我坐在那儿，慢慢喝完茶，发了一会儿呆，起身去工作台前打开电脑，开始搜索前同事陆荐的信息。

作为近年来炙手可热的国学大师，陆荐并非第一次来这座城市，算起来，他出现在这座城市大大小小的讲坛已经有三年历史，几乎每次来，都会掀起一道旋风，引得当地矜持的学院泰斗和肤浅的传媒为他站台。"他在难以逾越的古老哲学高峰自由行走，在中学重述运动中开一代先河"，"他是深入发掘老子思想又坚持学术个性的领航人，自然万物之圭臬不可思议的执掌者"，泰斗们这么评价他。

而传媒则完全成了他忠实的迷妹,称他归根复命,自成一体,仰勘天文,俯察地理,中夺人事,把深邃的道学哲理阐释得极有趣味,化成便于修悟的体验之学,指导人们运用到社会生活中,无往不胜。

唔,大师本人有不少头衔,以我稚拙混乱的通识认知,至少一半由政府机构认可,有的本身就是国家学术机构成员。他的追随者中有大量成功人士,企业家、金融家、财经作家和演艺界人士。有几份帖子透露,大师真正的拥趸并非上述名利双拥的时代楷模,而是一些不会在公众场合现身的政府官员。我不认为上述信息有什么逻辑谬误,它们得到了国际上的支持,不然,联合国教科文组织凭什么把《道德经》指定为影响力第一的中国著作?

离开电脑,我为自己续了第二杯热茶,慢慢喝光,然后打开微波炉,把装着小刀和消毒品的清洁袋取出来,放到洗衣机里,用微波炉给自己做了一份咖哩鸡肉盖浇饭简餐。

夜里十点,按照约定,我出现在港大医院神经内科住院部。莫尘提前几分钟等在那儿。我直截了当地向莫尘表示,希望她告诉我,我能做些什么;就是说,我被人莫名其妙从数据系统里拎出来,需要具体在一场中枢神经介质代谢异常事件中充当什么角色。莫尘显得很为难,她不知道她的导师为何在失控状态里反复提到我,她只希望我能帮助她的导师在十几个小时之后顺利返回讲坛,为此,她不惜向我透露了她导师一件赤裸裸的丑闻：某大学请大师演讲，因为没有控制好迎宾程序，大师直接拿该校校长做靶子，挖苦老先生的学术水平，甚至讽刺对方没有学好中文，令举办方十分尴尬。

"但时间是站在他那边的，"莫尘涨红了脸急匆匆解释，"您不得不佩服，他的演说是那么超凡脱俗，迷住了所有人，就连他的批评对象也无法抗拒他的思想和语言魅力。"

"懂了，"我朝护士站看去，那里有一位没有脑袋的值班护士，她正把脑袋埋在肩膀下面，低头寻找什么，"如果没有猜错，我能做的，是把握好时间，听一位活着的先秦雄辩家深夜演讲，直到他恢复超凡脱俗的思想和语言魅力。"

莫尘去核实过后，回来带我走进317号单人病房。屋内散发着一股可疑的霉味，不知来自杀毒光源还是别处，陆荐——对不起，我需要一段时间调整记忆，熟悉他的大师身份——已经醒来了，坐在椅子上进食。他手里别扭地掂着小勺，禅修般专注地盯着面前的镍制托盘，好像镍盘中盛着的两块黑乎乎说不清食材的食物是宇宙之道，人类之德，让人觉得，那是一个制毒师隐秘的仪式。二十年过去，我们不再年轻，但他看起来还好。我是说，作为中年人，他看不出有什么健身或保养痕迹，却完全没有腰身，只是头发蓬乱，印堂发亮，像只心满意足后的大个头阴茎，显得谦和而泰然若处。他听到动静，回头朝门口看了一眼。

我听见一阵簌簌的声响,是他身上的褚红色莨苕布摩擦树脂椅面发出的声音。并没有发生什么大事,他像真正的大人物一样,把勺子仔细放在托盘里,站起来,大步迎向我,向我伸出手。

"你不会相信,怎么会有如此荒谬的事情,它是怎么发生的。"他目光直视我,口齿清楚,口气洪亮,声音中透出一种训练有素的权威,我记得他过去不怎么敢开口,说话畏畏缩缩,因为总是遭到人们嘲讽,好像还有点口吃,"但你还是来了,我知道,你不会抛弃我。"

老实说,我没有思考过抛弃这件事情,或者说,我正是那个被人们反复抛弃的家伙,抛弃就是我的基本状态。要知道,我生活的这座边疆城市,它一直要摆脱内地,投入世界怀抱,在这个轨道上出溜得非常快。这些年,和我搭过手的同事差不多有一百人,诚实地说,除了大量模仿,他们和我一样平庸,但他们像穿上了鲨鱼皮泳衣,一个个飞快地超过我,匆匆游到前面去,我永远比第一名慢半拍。成王败寇,跟在一线后面的人分文不值,我只能出局,回到政府分给我的人才公寓中,在喝过一杯杯热茶后,一次次安静地切开自己的手腕。

只是,我不想接陆荐递过来的手。我对老聃先生完全不了解,但却清楚,有些病是会传染的,比如幽门螺杆菌、弓形虫、带状疱疹、伤寒和疟疾,就算肛瘘手术,也可能因为敷料携带传染源,让接触者染上艾滋病。实验室中禁止握手,那是官员的坏毛病,我和陆荐二十年前戴实验用手套,时隔二十年,我不确定是否应该在我们之间设立安全抑制措施。

可是,完全来不及做评估,我的手已经被大师紧紧握住。他的手肥大而温暖,像两团刚出土的太岁,而不是一个曾经被试剂浸泡过的科学家的手。不过,现在好了,我顺利完成了记忆模式修改,称他大师了,这个代价够大。

"你在想,奇怪,为什么是他,为什么是老子?"大师盯着我的眼睛,好像在判断我和食盘中那两块疑似食物的黑乎乎家伙之间的关系,或者在判断他面前的听众是否带有敌意,这种感觉让人不安,"你一定要坐下来,我们有的是时间,实际上,你应该知道为什么你在这里,我很快就会告诉你。"

紧张的学生为我端来一把全塑椅,模样活像寒冬季节屠宰后立刻冻上的口外羊。学生不看椅子的使用者,看大师,目光崇拜得要命。这个我懂,我二十多岁担任国家项目负责人时,人们也用这种眼光看我。

椅子坐着不舒服,推测是为探视者量身制作。病人需要安静,探视者最好别坐下,打个招呼走人,我对这个设计理念由衷地赞同,但还是坐下了。

"还记得那副实验用护目镜吗?"大师问我,像演讲中对听众亲切提问的某个环节,目光中透露出一股狡黠,"没印象?这就对了,它和其他眼镜具有所有的相似点,差异仅仅在调试之后目距的宽窄，差别只有几毫米，无数条件可以让这几毫米不复存在，猴子才知道，科学有时候就是儿戏。"

我困惑地看着大师，他的脸熠熠闪光，大概是讲坛风采的回光返照。

"想想，那天，有人错拿了你的护目镜，试戴时撑大了它，因为实验失败，你犯了头疼的毛病，喝了酒，吃了小龙虾，没睡好，或者在灯下和某本英文资料偷了一次一点也不欢愉的情，那种情况下，什么事情都可能发生。"他快速朝天花板看了一眼，好像那里有人在偷窥，"我不是你最信赖的助手，你却当着众人，目光越过所有人投向我，只投向我，好像我就是那个无耻的贼。"

我想起来他在说什么，好像有一次——肯定不止一次，别的时候也会发生这类事情——我的护目镜不见了，我不记得当时我看过谁，胡乱抓了一只别人的眼镜戴上。我记得其他人哈哈大笑，但这个短暂的喜剧情节并没有挽救我领导的项目最终走入绝境。

"你是说，这件事情给你带来了阴影，"我用委婉的口气反问他，"事情过了二十年，你仍然忘不了它，还是你后来在某个地方找到了我的手套，哦，不，眼镜？"

"你确定真的在乎我的感受？我猜不是。人们通过护目镜看到的事物并不真实，你也一样，是不是？这真让人受不了。"他脸上露出一丝犹豫，"需要打开窗户吗？"

"据说医院和旅馆二楼以上不能开窗,大型企业和学校也不能。"我觉得,连周边的空气都看出来了,他昨晚身体不适的后遗症仍然在,脸色不正常,因为恐惧和困惑,他想控制自己,显然这不容易,但是,好像我们又回到了二十年前那个毫无头绪的项目时代,这让我突然有了一丝快意,"事情就好像,怎么说呢,精密量取与液体量器的关系,我说这个你肯定知道。"

"不如你直接问,你为什么在这儿?"他狡猾地咧开嘴笑了笑,把身子往后靠去,做了个奇怪的举动,用左手拇指和中指扎成一把弓,张开嘴,指弓伸进坩埚般的嘴里,咯崩咯崩地弹牙齿,仿佛在试探它们的成色,"知道吗,这是我遇到过的最奇怪的事情,不是窗户,是人,在这座城市,你只能看到人群,看不到一个一个的人,情况相当诡异。"

"你想看到畜牧场之外的风景?可是,你都说了,这是城市,你不能指望看到赛马们的生活,虽然它们总是被赶到赛道上去。"

"啊呀,那倒不一定,畜牧场之外是什么鬼,那里的情况更糟糕,你完全听不清楚人们在说什么,对吧?"

我不知道这是不是大师和普通人的区别,比如,和我的区别。我说不清楚关于天地人的联想,道与万物的关系,无法走进他的世界,这就是我当时的感觉。病房里出现一阵沉默,我在想,他想听清楚人们说什么?人们对他演讲的反应？我没有听过他的演讲，我猜那些内容已经超过我能理解的部分，我是说，科学世界的部分。我不安地扭过头去，看了一眼站在一旁的莫尘。忠实的学生当然不会冒失插嘴，她的中性五官在病房温和的灯光下显得很精致，身体像鲍鱼一样瓷实，这预示着一种潜在危险。

"不用担心，她是哑巴。"大师随着我的目光看向学生，目光像牡蛎一样温柔，"我是说，她是另外一个我，不会说废话。"

我不这么想。他知不知道，虽然牡蛎被河口一带的工业排水污染得厉害，但它们仍然是这座城市的特产？而且，依我看，叫莫尘的学生不像一个能够通过微积分推导出动力基本方程的学霸，她完全没有必要待在我们身边，最好趁我被她的导师教导的时候，溜进卫生间给自己敷上一张苔藓面膜，靠在马桶上打一会儿盹。

"不理解高维空间的人，就算戴块手表也毫无价值，脖颈上长颗脑袋也没用。"大师打破短暂的沉寂，停下敲打牙齿，身体往前倾，看着我的眼睛，目光带着傲慢和猜忌，像一幅印走了五官位置的版画，让人无法猜测他目光中的寓意，然后他突然诡异地吃吃笑起来，"不过，你不一样，不聪明，但不傻，会理解。"

"理解什么？"

"要分是什么。"

"还有什么？"我有点不高兴，觉得被冒犯了，他提到聪明，凭什么我要做那样的人？我扭头看他的学生，恶意满满，"我猜，你们明天的活动会正常进行。"

莫尘快速看了一眼自己的导师，意思明确，这取决于他的情况。

"哈，什么什么，我刚才问你护目镜，我就想说这个。"大师好像没有听见我和他的学生说什么，他被什么困惑住了，无法摆脱，有点自暴自弃，"知道吗，我的书卖得很好，莫尘会亲口告诉你，我的版税高得出版社想杀了我，可是，人们为什么要迷恋狗屎？我是指那些臭不可闻的书籍。有一种可能，80年代以后，人们灰心失望，熬不住了，他们想摘掉护目镜，把它丢得远远的。知道吗，这是典型的精神病症候，人们隔着历史的裤子自慰，子曰，吾今日见老子，其犹龙邪。哈哈！其犹龙邪，就是这么回事，我就是那会儿变成飞来飞去的鸽子，双脚陷在酱缸里，除了不断给人们唱咏叹调，别无去路。"

这个我明白。他是说，人们终其一生寻找自己的时代，只要找到它，每个人都能成这样或那样的大师，文明就是这么一页页订成书，拿去换成巨额版权费。我猜他就是这个意思。

"我和时代相互报应，用卑鄙的手段交换无耻和崇高，用死亡之舌亲吻爱，用禁锢和纵欲相生相杀，但是不对，没人骗得了我，我清楚那是什么，我在积累自己的葬礼，人们也是，他们急不可耐，他们……"他突然停下来，好像有点困惑,有一种不安,"你孩子多大了?"

"我没孩子。"我认真地想了想,确定地说,"我还没结婚。"

"好吧,问题就在这儿,"他目光纠结地朝茶几上看了一眼,好像有什么东西在他胸膛中爆裂开,一个气泡,还是别的什么,他情绪开始明显萎靡下去,表情里有某种对世俗世界的绝望,"所有荒唐的事情都有内在的合理结构,肯定有某种逻辑从这儿逃走了,也许是无数种,我们失去了它们,就像你失去了婚姻和孩子。"

我当然没有失去婚姻和孩子。我从来没有得到过它和他们。但我能原谅他的自相矛盾。为了舒缓失败的压力和失控的情绪,我有好几次考虑过是否服用恰特草或者跳跳糖,我知道那样会更糟糕。我宁愿使用装在清洁袋里的铅笔刀来平衡抑郁和躁狂,这是我经过十二个公式精算后得到的科学答案。现在,我在考虑怎么回答他,关于婚姻和孩子这件事,我们都不在自己的世界里,那是一种迷失的存在。只是,我不清楚他是否在吸食笑气或者彩虹烟,要是这样,情况就麻烦了,至少我不会允许他第二次握住我的手。

门从外面打开,值班大夫进来了。是个头发梳得很严谨的亚洲男子,听口音是香港人,可能就是莫尘提到的那位皮特大夫。大概接待方打过招呼,严谨发型的大夫没有拿7号针头注射器往大师的臀部上扎,只是刻板地提醒病人十分钟内结束会客,然后乖乖躺回到病床上去。大师像是受到极大的侮辱,没有看大夫,盯着茶几上的食盘,以沉默表示抗议。莫尘清楚发生了什么,客气地把大夫送出门,向他保证,月亮正在愉快地升起,317房的会客时间不会持续太久。

"没结婚,没结过?"他俩刚一离开,大师就身子前倾地盯住我,好像如果那是事实,他和他的老聃会非常失望,甚至于,他们将商量是否彻底消失掉,谁也不理睬,让自甘堕落的世界沉沦下去,"你哪儿出了问题?"

这有点过分。说真的,如果不是担心明天登台时人们在大师脸上看到不太光彩的痕迹,我会当场甩他一记耳光。好在我没读过老子的著作,但读过奥莉薇亚·贾德森的《Dr. Tatiana给全球生物的性忠告》,说实话,婚姻和孩子不是我的困境,不会导致我情绪崩溃,科学早已教会我理性和冷漠,任何时候我都只面对自己的手腕,和他人保持45.72×2厘米距离,这让我和他人的肢体冲突概率大大降低,这也是我和豆子,我们能够相依为命十三年的原因。

"我走得太快,没有留意在什么地方拐了个弯,把自己弄丢了。"没有等我想出该如何回答他的问题,他就开了口,像一只在日光下咬住自己尾巴的猫,气喘吁吁,不肯松开牙,"明白吗,我把自己弄丢了,不知道过去的自己是什么样,简直太可怕了!我试图返回去找到他,我是说,找到我,可根本做不到,我忘记了那个拐角的位置,而且,人们阻止我回去,好像我是他们的屁股帘,他们厌恶露出屁股,我去拐角和人们要求的风趣如出一辙,老子绝对不会做出这样的事情。"

"老子什么?"

"什么什么?"

"你刚才提到他,如果你指的不是老年男子的自称的话。"

"你觉得呢?"

"说不好。"

"你撒谎!"他有点生气,快速朝门口看了一眼,好像他在向我道出他的重大秘密,他很害怕他的学生这个时候返回,这可能给人类带来巨大灾难,"文字出现之前人们就建立了朴素的辩证观,一种低级思维,早于甲骨文一千年的两爻,巴门尼德的存在与非存在,亚里士多德的辩证逻辑,好嘛,所有人都摆出舍我其谁的派头,好像他们就是世界的主人,这太可笑了,那不过是彻头彻尾的思维混乱,还不如老老实实蹲在墙角看蚂蚁搬家。"

"可是……"

"他们怎么可以自誉为民族精神和文明?"大师涨红了脸,伸手阻止住我的插嘴,激情淹没了他,他的语速越来越快,"你知道我在说什么。我卑微地存在着,就像阴天的影子,它在那儿,没人能看见,我乞求自己别那样,别那样,直到有一天,我对自己说,别哭了,没人在乎你,我说了那话之后穿上衣服，走出门去，知道发生了什么？"他的眸子里充满了柔情，但也可能是愤怒，"门房问我找谁，知道吗，他问我，你——找——谁？这算什么？我在科研所七八年，连他脸上有几颗疣子都一清二楚，他怎么会不认识我？我很快知道发生了什么，伤心，是它改变了我的本来面目，如果我高兴，门房也认不出我，任何情绪都有可能让我深藏在潜意识里的人格发生错乱，变成另外一个我，那么好吧，让我们来看看什么是去他大爷的文化！"

"唔，你是说，过去你浑浑噩噩，可你却不知道，"趁着他使用了一个感叹号，我把话头抢过来，我知道刚才我听到的话不全是老聃的，有些是陆荐的，作为后来的大师，他陷入了一种角色混乱，"后来，你受到门房师傅的点拨，因为这个原因，而不是什么护目镜，你变成了一位大师？"

"你还不明白？"他情绪愤怒地瞪着我，"我看清楚了世界的秘密，可却不敢开口，害怕一开口我就会毁灭！"

他的样子让我有点紧张，接不上话。他感觉到了我的愚驽，失望地停下来，目光离开我，在空气中不安地游动，像是在寻求帮助。我随着他的目光看空气中，那里什么也没有，也许我看不见，但他就难说了。接下来，事情变得不可控制，他向空中伸出一只手，看上去他想抓住什么，同时挣扎着要从椅子上站起来，我不知道那里有什么，如果有，它是谁，我帮不上他的忙，坐在那里没有动，而他坚持着，我感觉有什么事情不对劲，他的呼吸急促起来，脸膛发潮，说不出话，另一只胳膊颤颤巍巍地举起来，徒劳地抓住自己的胸脯，好像他知道一个让人们羞耻的秘密，他因为愤怒和怜悯而无法将其揭穿深陷痛苦。很快，他大汗淋漓，顺着椅子滑跪在地上，嘴里嘟囔着一些没人能够听懂的词语。

"为什么，为什么会这样。"他跪在那里，不知羞耻地流着泪，他用手掌去揩它们，把脸弄得一片狼藉，"知道吗，我完蛋了，死翘翘，狗带，就是这么回事。"

说完那句话，他抓住茶几边缘爬向床边，摇晃着攀上床，趴在那儿，不再理会我。啜泣声从枕头下传出，我听见他试图突破咽呜的封锁，就是说，二十年前的他，包括我，那段历史里有多少伤感的情绪在漫延，它们仍然稀释着，没有凝固成癌变历史，在寻找机会像眼泪鼻涕一样流出来。我在脑海里搜寻某个公式，关于光明世界的牛顿第二定律，关于唯美人生的毕达哥拉斯定律，关于神秘爱情的欧拉公式，或者关于生存与死亡的薛定谔方程，显然，那是人类最大的误解，它们没有把人们带出黑暗世界的能力，不能拯救他，以及安慰我。我想到梨子酒，实际上，陆荐——我觉得这个称呼更适合他——就像被装进瓶子里的梨子，刚开始什么都不是，等他长大后，认识他幼果的人，比如我，已经认不出他，他也无法从透明的瓶子里钻出来，告诉我到底发生了什么。我尽量不去想这个，不去想他也许是一次致畸胚胎的结果，老庄不过是他，以及这个世界变成今天这个样子的致畸因子。至于我，我不过是一只永远也成熟不了的梨子，提不提都没什么。

我们就这样坐着和趴着，我们都没有动静。

不知过了多久，莫尘进来了，她朝屋里看了一眼就明白过来发生了什么。她什么话也不说，绕过无赖地坐在那儿的我，坐到病床边，伸出手温柔地抚摸大师的头，用纤细的手指一下一下捋着他乱蓬蓬的头发，完全视我于不存在。

我看着师生二人，念头仍然在继续，我想，如果二十年后还有什么奇怪的原因把我和陆荐联系在一起，我觉得只能是柔弱，可惜，"弱者道之用"没有给我带来任何有形质的希望，关于这一点，我早就认账了，不翻案，别人就很难说了。比如陆荐，他和老聃相互利用，欺骗所有人，他想打破瓶子，从里面钻出来，眼下发生的，不过是这么一回事。只是，我想问问陆荐，他为什么要在事情过去二十年之后找到我，很显然，除了平庸，我一无所有，不可能是他致畸病变的证实或证伪者，他把我找来，和我说了那么多和他的大师身份牵扯不上的东西，显得缺乏逻辑，有点像章节混乱逻辑不连贯的《道德经》。

但我决定不问了。圣人之道，为而不争，何况，他现在需要治疗，而不是交谈。

我不再说什么，欠身离开不便长坐的椅子，撇下哭泣着的大师，走出317病房。

忠实的学生跟出来。她说谢谢您能来。我说不用送,照顾好你的导师吧。她说您是不是在想,他怎么会变成这样?我反应有些迟钝,没有明白她的话,抬头看她。她说了一句话,意味深长地抿着嘴唇笑了笑,回身走进病房,轻轻掩上病房的门。

"老子说,物壮则老,谓之不道,不道早已,吕不韦总结为全则必缺,就是后来人们说的,反动。"

如果我没记错,学生的话是这样说的。我还知道了,她会笑。

已经很晚了,医院里没有什么人,偶尔有几个离开的病人家属,或者收垃圾的保洁工,他们匆匆从我身边走过。我品味着学生说的话,脸上荡起一丝微笑。要知道,这是一个干爽的日子,没有什么了不起的事情发生,我的判断是,这一次,我不会情绪崩溃,去微波炉取出我忠实的清洁袋了。

六天之后,我去青山宠物公墓看望豆子,给它带了一本《黑塔利亚》去。

我忘了说,豆子是一只喜欢读书的狗,虽然它比较挑剔,只读漫画,对北欧的暗黑题材尤其感兴趣,在下雨天也不反对阅读类似《兔子这一家》这种中西方文化冲突的故事。让我欣慰的是,它像很多读书人,喜欢歪着脑袋思考问题,在思考问题时对狗粮不闻不问,这些习惯比我强。

我坐在豆子的坟头,身下是一片绿得惊心的青草。我猜,那些青草可能也在思考,比如,它们在想,是否要钻进我的身体中,在那里生长开去。我舔一下手指,翻开《黑塔利亚》第一页,把书放在豆子的坟头,隔一会儿,翻动一页,隔一会儿,再翻动一页,在梗太密的地方,我会停下来,把翻书这件事交给风去做,这样,豆子就能顺利地读完这本书了。

阳光没有和我打招呼,我也没有造次地和它交谈。我在想十三年前那个下雨天,在喝过一杯热茶以后,我返回街上,踩着满地滚动的雨点去了地铁站,对豆子说的那句话。地铁站有四个进出口,没有先知的预示,我和豆子在任何一个地方都有可能擦肩而过,我俩,以及人们,我们不知道在哪里拐弯,才能离开原来的地方,在未知处相遇和失去。这些事情,我和豆子没有谈过,甚至没有谈过我俩到底是谁,比如,豆子不是豆子,我才是豆子,正坐在坟头翻动书页的不是我,埋在地下的那一位才是。

哦,还有,豆子那个时候不叫豆子,它没有告诉我,在此之前它叫什么,曾经住在哪只豆荚里,这些事情它都没有提及。说起来有点奇怪,它离开后,我是说,它离开豆荚以后,空掉的果皮怎么办,会不会不知所措,会不会想,豆子呢,豆子去哪儿了?

不过,现在想起来,这些事情好像都无所谓了。

2019 年 5 月 12 日于听云轩

像一块即将消失的陨石

现在他们要来看我们,带着他们的儿女、父母和伴侣,脸凑着脸看,冲着我们滴着海水的翅膀大声尖叫,快瞧呀,瞧它们的翅膀,瞧它们的羽毛!这会让他们开心,让他们觉得生活无限美好。

我是鱼鹰天丙,我的学名叫鹗,隼形目鹗科鹗属唯一的鸟类。我出生在北回归线以南,东经113°46′至114°37′,北纬22°24′至22°52′的海湾中,这儿是东亚—澳大利西亚迁徙带上最重要的栖息地,是我的家园,我在我的家园向各位问好。

嗯,怎么说呢?作为鸟类中的大个头,我有一双锐利的眼睛,头颅两侧各有一道威风凛凛的黑色羽带,上身武士褐,下身绅士白,如果不是一条腿瘸着,可以说相当英俊。腿怎么瘸的?鸟夹伤的。你见过冰冷恶毒的鸟夹?我猜你没有。要我说,你最好离它们远点儿,没事翻翻那些到处安装鸟夹的人祖先写的书,那些可敬的古老人类,他们对我非常敬重,创造了很多和我有关的词。比如?男欢女爱你喜欢吧?他们有首歌谣,说小伙儿和姑娘在河边遇见了,那个喜欢啊,一颗心扑通扑通直跳,摇晃着身子羞答答唱啊唱啊,关关雎鸠,关关雎鸠,知道那是什么?是在学我的鸣叫声。

我怎么知道这些事情？我当然知道，考告诉我的。考是我的一位祖先，我出生不久它就出现了。不过我看不见它，但只要愿意，它就能"来到"我身边。我不知道考和我隔着多少个迁徙季，关于这个，考讳莫如深，总之这是个谜。有时候，我站在巢穴旁的枝头上，盯着海湾苦思冥想，我猜我和考隔着几万到几十万个迁徙季，这让我对考五体投地。

一个暴风雨的日子，考把我带去了一个地方。考说，天丙，跟我来，我带你去见见它们。我问，它们是谁？我说，我看不见你，考，你在哪儿？考说，你不用看我，你在心里想，考在那儿，我就在了。这个游戏我喜欢，可是，海面上这会儿风雨大作，连胆大的海鸥和雨燕都躲到山崖下面去了，这种鬼天气根本不是用来飞行的，它会要了我的命。考生气了，它觉得我是糟糕的天丙。天丙，你是胆小鬼！考在我耳边喊道。我很生气，它怎么想的？

就这样，我被考连煽动带威胁赶进恶劣的天气中。考带着我向风雨交加的海上飞去。我从没有过这样的经历，我被狂风暴雨打得几乎睁不开眼睛，喘不过气来，好几次差点坠落海中。然后，我看见了它们。

它们是我的同类，但我发誓从来没有见过它们。它们一个个像神秘的灵魂，披着一道银色光环，样子十分奇特，特别符合谁都躲着的坏天气。考贴在我的耳旁，在呼啸的风雨中大声向我介绍：披着一身灰色细羽的那个大家伙，它是恐鸟；有一个家伙比它个头更大，全身覆盖着神奇的蓝绿紫三色羽毛，它叫巨水鸟；那个漂亮活泼的小家伙，像穿着蓝衣白裙的仙子，它叫紫水鸟；有个神气的家伙我认识，是鸽子，但比别的鸽子健壮，考说我不可能见过它，它是了不起的旅鸽；我留意到，在它们当中有个挺可笑的小家伙，脑袋上顶着酋长冠羽，考告诉我，它叫胡兀鹫……

那次风雨中的经历真棒，现在让我来说说它教会了我什么。我最早的祖先不是考，是脑袋上顶着艳丽头冠的羽齿龙，它有大量的天敌。为了逃避危险，它长出了翅膀，变成始祖鸟，然后拼命地生孩子。孩子长大后，有的继续在森林中生活，有的钻进溪流和大海，有的飞上天空，考就是飞上天空这一支，它变成了涉禽。你瞧，事情就这么奇妙，我觉得我的祖先挺酷的。我很依赖考，每当我遇到麻烦的时候，比如我害怕了，愤怒了，或者感到孤独，考就会出现，和我说些什么。我觉得考很贴心，它是我的祖先，对吧？

我的巢穴？它在海湾北岸潮间带原生树林中一棵高大的银叶树上。白天我不待在巢穴中，我会去各处转转，做点什么。要知道，我有很多重要的事情。我每天都会飞去海湾上空，迎着舒朗的风悬停在那里，从高处观察海面。作为视力超级棒的鹗，我能准确判断水面下的猎物，从高空滑翔到几十米的低空，在那里垂直扎下，捕食肥美的鲻鱼和海鲈。要是捕猎到大家伙，我会得意地用爪子锁紧猎物，抖落掉羽毛上的水珠，在空中兜着圈子炫耀猎物。有些狡猾的猎物能从水面的阴影判断出来自空中的危险，潜入深处躲避。那没用。我会猛地扎进水中，跟随它们潜入水下，抓住它们带到岸上，用尖利的嘴撕开它们的身体，从容地品尝美味。在海湾中，谁都知道我是这方面的能手。我曾经一次捕到两条想要和我斗法的鲻鱼，那是一桩十分惬意的事情。

　　还记得第一次猎食的情景，那会儿我刚学会飞不久，摇晃着站在树梢上张望滩涂上的目标，扑打着翅膀朝它们扑去。那些蛙、鼠、蛇和蜥蜴，它们十分灵敏，没等我靠近，哧溜一下就没了影。我只能飞去海上，可那儿的情况也好不了多少。我手忙脚乱地在海面上扑腾，忙活了一个上午，连只搞怪的长尾虾仔都没捕住，还遭到几只黑嘴鸥的嘲笑。它们让我回窝里去乖乖地待着，等妈妈给我喂食，这让我十分沮丧。

　　就在那个时候，我看见一群白海豚，它们在我身下围猎一群胖乎乎的短嘴银鲳，银鲳们被撵得无处可逃，纷纷跳出海面。我朝它们飞去，心里犯嘀咕，要是我趁乱抓两条小鱼充饥，那些神气的家伙不会嘲笑我吧？我飞到白海豚头顶，它们当中有一个小家伙，看上去刚出生不久，它对同样幼小的我发生了兴趣，一直追着我的飞行线路游动，好几次从水里跃起来，冲我乱瞪它黑亮的小眼睛，哧哧地喷气。它那个雄心勃勃的样子把我逗得哈哈大笑，结果忘记了掌握气流，一个跟头栽进了海里。

那个小家伙是呴呴，后来我们成了好朋友。

现在？我已经是青年天丙了，你在海湾里打听打听，就知道我天丙的厉害了。

要说，猎食不是我最喜欢做的事情。我最喜欢做的，是在天气晴朗的时候展开双翼，飞去海湾上，贴着海面的涌浪滑行。阳光暖暖地照在我身上，我双翅上的羽毛泛着骄傲的紫色光泽，人们很远都能看见那两道光泽。

有时候，风雨天气我也会飞去海湾。自从考在那个暴风雨中带我去了海上，我时常想念那些生活在另一个天地里的同类。没有谁会在风雨中出现在海湾里，那里只有我，以及可能随时出现的它们。我用力展开双翼，穿过风雨，什么也不为，什么也不为，只是在大海上滑行，滑行。

我在海湾有不少同类，要知道，海湾里生活着368种鸟类，它们有几十万只。后来，大量人类来到海湾，他们的数量很快超过我们，我们的数量严重下降，幸存者大多逃到海湾东南部的米埔原生森林和南部青山谷地去了，那里没有人烟，适合鸟类居住。

我和逃亡的同类不同，我不打算离开北部海岸。有时候，我会在海上遇到逃去南岸的同伴，它们冲我喊，嘿，那家伙，干吗不和我们待在一块，你这个傻瓜！我从不理睬它们的嘲笑。有几次,我还和它们打了架,这样我更不愿意离开北岸了。

从上个迁徙季开始,我的生活发生了重大变化。整个秋天和冬天,我每天都要飞去海湾上空,不猎食,不滑行,而是迎风悬停在高空,监视海面。考从那个时候开始不再出现,这很奇怪,之前它从不这样,我不知道这意味着什么。昨晚我梦见考了,它在追逐一道青白色的狡猾的闪电,什么话也没对我说。我叫它,我说考,你去哪儿?它没有理我,紧叼着闪电的尾巴,很快消失掉。

今天很早我就醒了。和我一样,住在海湾北岸的其他伙伴夜里全都没睡好。这能怪谁?我们离人类太近,他们嚣张的生活和夜晚的灯光让我们神经兮兮,那种滋味很难受,这个你明白吗?

天亮了,太阳还在海湾对面悠闲地攀爬高高的青山,没有露出面庞。我静静地趴在窝里,探头朝巢穴外看。我看见海岸边高大的树林中,褐翅鸦鹃嘀呖一家正和坏脾气的白肩海雕扯丝在吵架,它们吵得很凶。扯丝是我的老冤家,我俩互相不买账。我一点也不怕它,可那些红翅膀的小东西可得小心了,扯丝那家伙不好惹,如果早上没有找到啮齿类哺乳动物充饥,它会抓住任何能看见的东西,哪怕一只坚硬的砗蚝,或者一截刺桐根填塞它的胃肠。

海湾的清晨是恬静的,从高处往下看,一大群尖嘴脊塘鳢懒懒地趴在滩涂上睡觉,要是没人打扰,它们能保持那个姿势睡上 10 天。还有大眼睛的弹涂鱼,涨潮的时候,它们会在巨大的鳃腔里储存大量水分,然后挥动有力的前鳍,从秋茄树和木榄树根下舒服的洞穴里爬出来,高高跃起,吸附在树枝上,张头张脑偷窥树林中忙活着的其他动物。别看那些家伙模样儿可笑,它们是求偶的高手,小伙儿们个个能跳优美的求偶舞,一边跳一边往自己洞穴退,像是跳邀请舞,一旦姑娘五迷三道跟进洞穴,它们会快速挪动早已准备好的泥球堵死洞口,你就想想洞里会发生什么好事吧。

说到恋爱,没有比招潮蟹男孩更倒霉的,那些可怜的小家伙不断转动着潜望镜似的眼睛,挥舞着一大一小两只螯,向每个路过的女孩招手,央求它们和自己约会。你肯定听说过招潮蟹姑娘对男友的挑剔劲,它们心高气傲,差不多得挑选上百次,才会最终决定和谁好,遇到这死心眼的姑娘,可怜的男孩子没着落了,它们只能挤在滩涂上,像孤独的提琴师,对着潮水悲伤地摇晃着螯肢哭泣。对了,它们的确有个名字:提琴手蟹。

唉,我不该说提琴手蟹的糗事,我比它们好不了多少。

我有一位伴侣,不,曾经有过。它叫妠,是个美人儿,胸前有片赤褐色的纵羽,迷倒过多少色欲攻心的家伙。考有一次告诉我,人类使用过妠这个名字。我大惊失色,这怎么可能,他们居然敢偷走妠的名字!考哈哈大笑说,小子,他们没偷妠的名字,那是他们第一个和水有关的姓氏。

我气呼呼说,瞧,要这样,姒跟他们祖先一样,他们干吗还要偷走我和姒的孩子?姒喜欢生孩子,我们一共有过3窝孩子,就像我说的,第一窝还没有孵出壳就被人类偷走了,他们伤透了姒和我的心。我希望考告诉我出了什么事,他们为什么要偷走我的孩子?考说了一句我没听懂的话,它说,天丙,活下来不容易,是海洋和湿地庇护了你。我不明白考想告诉我什么,那会儿我整个心思都在孩子身上。后来我和姒,我们又生了两窝孩子,5个漂亮的小家伙!在80个漫长的日出日落中,我警惕地守护着它们,一刻也不敢分心,我不会再让它们被谁偷走了。哈,你根本想不到我有多快乐,我的孩子,它们啄破红褐色斑点的蛋壳,挣着湿漉漉的漂亮脑袋钻出来,摇晃地扑腾着,急匆匆离开我用树枝和羽毛为它们精心搭建的舒适巢窠,想要飞到海上去。你猜怎么着?它们直接摔到地面上,趴在那儿喳喳乱叫了。我忙碌着飞上飞下,把它们一个个捡起来。我朝它们喊,嘿,小家伙,你们的翅膀还没干透呢,我可不想你们全都摔死!

以后发生了什么?姒带着它们去了对海那边的米埔森林,和一个大个头的家伙生活在一起。我希望你知道,那不怪姒,它太害怕了,担心失去我们的孩子。我在海湾里遇到过它们,姒和我们的孩子。姒装作没有看见我,它更迷人了,胸前赤褐色的纵羽刺得我眼睛发疼。它找到了属于它的生活,现在它想生多少就能生多少,没人再偷走它的孩子了。那5个小家伙，它们也长大了，有了自己的配偶和宝贝，看上去它们全都很快乐。

喂，天丙，干吗不和我们在一起？它们朝我喊。

我能说什么？我不能告诉它们我有多难过，妣和它们离开之后，那个冬天我一直在哭泣。可我什么也没说。它们很开心，我觉得这比什么都好。

我的第二位伴侣叫单，它性格活泼，有一只让人神魂颠倒的红嘴，大家都说它是海湾里最漂亮的鹬，我们有过开心到快要晕死的日子。后来？单跟着一支候鸟鹬去了北方。那段时间它不再快乐，显得很焦虑。它朝那些鹬喊，等等，等等，带上我！那群和我一个模样的家伙，它们风流倜傥，比我自由，想去哪儿就去哪儿，它们从台湾飞来，在海湾折腾了一段日子，然后带走了我的至爱。

我第三位伴侣……不，没有了。我只有过两个伴侣。谁都会选择好邻居，大家都在逃离海湾北岸，而我却固执地留在这儿。为什么我不离开，去米埔和元朗谷地，或者更远？我问过自己，可我回答不出来。

太阳从海湾对岸的青山顶升起来，那老兄挣着一张新鲜的脸蛋快活地冲我喊，嘿，天丙，你好啊！我懒洋洋地看了它一眼，没有回答它。我心情不怎么好，它能看出来。

潮水正在退去，逐渐露出大片滩涂。我注意到，邻居们开始觅食了。数量最多的是勺嘴鹬，它们挺着白色的大肚子，晃悠着后颈上栗红色辫子，用夸张的扁嘴在海水里胡乱扫动，吞食水藻和螺蛳。后脑勺上梳着同样漂亮辫子的小白鹭就比勺嘴鹬聪明得多，它们迈动轻盈的黄色细腿，在浅水中飞快地跑来跑去，追逐食物。最搞怪的要数翘嘴巴的青脚鹬，它们在滩涂上来回奔跑，显得慌里慌张，真是沉不住气的家伙。琵嘴鸭就老练多了，黑背白腹的它们离开滩涂，在红树林外的水面上划动扁嘴大吃洄游虾，独享美味。稍远处，一些缩着脖子的大白鹭正沿着海面朝这边飞来，它们从高处超越一队有着巨大囊袋，缓慢在海面滑行的卷羽鹈鹕，你可别小瞧这些行动缓慢的伙计，等它们一到你就会知道，什么叫真正的猎食大军。

看着邻居们进食的忙活样，我还真有点饿了。这不是什么难事。我身下是红树林，一个贮藏着丰富佳肴的大厨房，那里的树干上攀附着打着瞌睡的树蛙、牡蛎、藤壶和黑荞麦蛤，树叶上黏着傻呆呆吮吸露水的肥美蜗牛、玉螺、滨螺和蟹守螺，它们是开胃的餐前点心。林间浅水中有更多的美味——莹虾、毛虾和磷虾，筛目贝、栉孔扇贝和糙鸟蛤，马蹄螺、凤螺和粒核果螺，如果觉得不够，水下底泥中还有文蛤、泥蚶、西施舌和红树蚬。我还可以去滩涂上，那儿是海蟹的天下，长着关公脸的关公蟹，长着和尚头的和尚蟹，手脚凌乱的梭子蟹，胸甲发达的褶痕相手蟹，它们脾气可大了，从早到晚都在滩涂上气呼呼来回穿梭，也不知道谁惹了它们。它们不对我的胃口，通常我不会理它们。正餐？一般我不在红树林中捕食，虽然虾虎鱼、美肩鳃鰕、斑头舌鳎和海鳗会顺着涨潮的海水游进红树林中觅食水蚤和硅藻，我愿意吃多少都行。可是，我不想把巢穴附近弄得一塌糊涂，我会去海上捕食。

太阳正在快速升起，那老兄忙着呢，它打算把伟大的光芒洒遍每个角落。我朝远处看了一眼，乐了。红树林边缘，开满紫色花朵的海刀豆和叶茎娇嫩的阔包菊中，啄花鸟阿嚏正带着两个刚长出猩红色毛羽的孩子灵巧地飞来飞去，用尖喙捕捉昆虫。

阿嚏是我真正的邻居。说起这事，还有一个故事。开春的时候，我在岸边闲逛，看见一只从米埔那边过来的虎头海雕正在追逐阿嚏，要知道，这可不公平，阿嚏是欧亚大陆个头最小的鸟，它只吃花蜜和昆虫，没惹着谁。我朝那位凶巴巴的老兄喊，嘿，你这家伙，它怎么你了？要不咱俩练练！我觉得我疯了，那位老兄是海湾中个头最大的家伙，我根本不是它的对手，说起来，我还挺羡慕它们配偶之间坚贞的感情，它们从来不始乱终弃，我真没想和它练。好在那只虎头海雕气量大，它不屑地朝我看了两眼，放开阿嚏飞走了，而我却被它那两眼看得沮丧得要命，一整天都不好受。

结果你知道发生了什么？第二天早上一醒来，我发现阿嚏在我巢穴下忙碌，来来去去叼一些草秸和花序。我乐了，这小家伙知道感恩，可我和它没长同样的胃，我不沾素。我把脑袋探出窝说，嘿，阿嚏，干吗不捉条大个的旗鱼来孝敬我？说完我哈哈大笑，笑得喘不过气。阿嚏的个头还没一只长尾虾大，别说大个头的旗鱼，一条虾它都叼不起来。阿嚏怯怯地停下来，仰头抱怨地看我一眼，没有理我，仍然忙碌着。我饶有趣味地看它玩什么游戏，你猜怎么着？接着它收罗来一些蜘蛛网，用唾沫打湿蛛丝，把草稗和花序一点点粘起来。我觉得事情有点不对，大声问，阿嚏，你在干吗？我可不和你玩绣球。阿嚏还是不理我，它好像打定主意不和我说话。我很快看出来了，阿嚏把那些草稗和花序粘成了一个小小的窝，悬挂在我巢穴下面。我明白了，阿嚏是要和我做邻居。这让我又好气又好笑，哪有啄花鸟和鱼鹰做邻居的？

几天之后，阿嚏带来一只羽毛鲜艳的啄花鸟，打眼一看，就知道它俩情投意合，是那种关系。阿嚏和之前一样，还是不和我说话，也不让女友和我说话，只要我探头去看它俩，阿嚏就连忙紧张地把女友藏在小小的翅膀下，好像不想让我知道它有个窈窕美人儿。我知道阿嚏为什么那样。我偶尔会脑子发晕，捕食其他鸟类，那些红嘴鸥、琵嘴鸭、鹊鸰和白胸苦恶鸟，它们都躲着我，让我十分沮丧。其实它们完全不必这样，我的食谱非常丰富，海湾里的鱼虾足够我享用，树林中还有吃不完的陆地蛙、老鼠和蜥蜴，我根本不用看它们，可这怪谁？都是我自己闹的。

很快，阿嚏有了两个孩子。我想告诉阿嚏，我不介意它有温存的伴侣，它俩完全可以把可爱孩子带到我的巢穴来，我会送小家伙们肥美的石斑鱼……不，它们不吃这个，我可以送它们榄钱果……这个也不行，榄钱果对它们来说个头太大。我觉得还是让阿嚏照顾它们吧。我主要是想告诉阿嚏，我也有过孩子，比它多3个，可我不知道该怎么向阿嚏开口。我们就这样成了一言不搭的邻居。

阿嚏虽然不和我说话，但它非常勤劳，每天都带两个孩子在灌木丛中学习觅食，它是个称职的爸爸。我爸爸？被人捉走了。

那些和儒艮长得差不多的人类，他们不会飞翔，不会使用羽毛，没有方向感和耐力，视力和消化能力差，行动速度慢，声音乏味，可他们贪恋海里的食物，缺了盐就活不了；他们会一点点游泳和潜水，因为肺部脆弱，皮肤不能长期浸泡在海水里，所以一直在训练鸬鹚为他们捕鱼，现在，他们捉到了真正的鱼鹰。

我找遍整个海湾，终于找到了爸爸。我去看过它，在夜里。那些人的心是石头长的，他们剪去了爸爸的翅膀，用一条细铁链绑住它的腿，拴在屋外的竹架上，用饥饿熬它，然后用槁草勒住它的脖颈，把它赶下水去捕捉鳇鱼。爸爸被他们折磨得十分憔悴，它对我说，孩子，人很优秀，可他们管不住自己，你要原谅他们。我试图把拴住爸爸的铁链啄断，用尽了办法，却没能做到。要知道，爸爸是海湾的骄傲，它不是那些打小被饲养出来的鸬鹚，它不吃不喝，也不为人捉鱼，就这样，最后活活把自己饿死了。

太阳转过树干阴面，向中天升去，时间到了。我站起来，离开巢穴，跳上枝头，振翅滑到一片银叶树上方。一条蓝光闪闪的宝刀鱼在浅水中露出颀长的脊背，这让我空空的胃里咕噜了两下。但我没有逗留，在宝刀鱼上方用力拍打了几下翅膀，擦着觅食的同类升上空中，向海上飞去。在我身后，银叶树红色的花瓣大片坠落下来。

我之前说过，整个秋天和冬天，我每天都要飞去海湾上空，不捕食，不滑行，而是迎风悬停在高空，监视海面。我看着我原生的家园。知道什么叫原生？天生的，符合自然的，没有经过任何外力改变的，就像我，就像这片海湾。人类不是，他们从别的地方来，可他们不断在海湾折腾，填海造陆地，在海底铺设电缆，在海上建造大桥，在海边建港口、盖大厦、修建道路、开辟公园，折腾了几十年，一刻也不肯停下来；大片的红树林被砍伐掉，丰饶的潮间带消失了，湿地面积越来越小，海湾被糟蹋得不像样子，可是，他们变得越来越贪婪。

我飞到了海湾上空。我的目标是停泊在邮轮港口的那艘勘探船，这会儿它正在驶出港口。我知道它要干什么。人类打算在海湾中开挖一条新的航道，在海湾北岸建造两座码头，把观光客带到我和我同类的居住地来。几十年来，他们占据了大半个海湾，把每一片海域、每一寸土地都据为己有，我和同类委屈地生活在北岸一角。我们的保留地已经很小很小了，小到我们和他们差不多脸凑着脸了，他们还嫌不够，不打算把最后一小块原生林和滩涂留给我们，现在他们要来看我们，带着他们的儿女、父母和伴侣，脸凑着脸看，冲着我们滴着海水的翅膀大声尖叫，快瞧呀，瞧它们的翅膀，瞧它们的羽毛！这会让他们开心，让他们觉得生活无限美好，现在他们正在这么做，把我的家园彻底毁掉。

我盯着那艘相貌怪异的勘探船，现在你知道它是谁了，一个钢铁制造的窥探者，负责采集如何和我们鸟类脸凑脸的数据。它在海上行驶的时候，我不会打扰它，哪怕它将毫不在意我和我的同类的存在。在它进入海湾北部后，我会跟上它，如果它穿过海湾大桥，接近我的家，我就会从空中俯冲下去，从它的驾驶舱和工作平台上掠过，警告它。我会做出一套奇怪的动作，剧烈地晃动翅膀，让自己的飞行姿势摇摆不定，不断地往下坠落，在接近勘探船甲板之前拉起来，同时发出"切利——切利——"的尖锐叫声，这本来是我在遇到比自己厉害的家伙袭击时使用的，为了分散天敌的注意力，把它们引开。

我知道这么做没有用，我无法把它引开。考警告过我，除了人类自己，没有谁是他们的对手，考让我尽量离他们远一点。我觉得考该出现了，最近它一直沉寂着，它想告诉我什么？我知道我那样做一点用也没有。

可我才不管那么多，我向勘探船冲过去，船上的那些人从下面仰头看我。他们穿着洁净的工装，好几个人把手中的烟头弹进海里。看得出来，他们不希望我出现在他们面前，我有勇士般高贵的头颅，白色战袍般的覆羽，展开的狭长翼翅像一对凛然的盾牌，胸前被风吹乍开的飞羽像勇士的护心镜，他们讨厌这样的我，他们希望谁也别来打扰他们。

我继续尖锐地叫喊着，叫喊着，从他们头顶掠过。听见我的报警，在海上追逐浪头的夜鹭、苍鹭和池鹭纷纷惊慌失措地飞向高空，凤头潜鸭则扑打着翅膀离开水面，向岸上逃遁。我紧接着掠过船头，有个在船头和同事调情的家伙差点没把手中的采集器掉进海里。我从海面上拉起，升向空中。我大声叫喊着，给自己鼓劲，直到升上高空再转身，再度向勘探船扑去。

考还是没有出现。我想象考这个时候来到我身边。我希望它别沉默，别劝我离开海面。我希望它和我一起向勘探船俯冲下去，它在我耳边大声喊，天丙，别让他们夺走你的家园！我知道考会这么说。考它知道我在做什么，我不是为我自己，我是为了小另。

我说了，我在湾区朋友很少，响响算一个，可它去年失踪了，它的妈妈到处找它，可它不见了。小另是我另一位朋友，最好的朋友，它是一个候鸟家庭的孩子，一只既美丽又神气的黑脸琵鹭。

我第一次见到小另时，它刚出生不久，和家人一起飞来海湾。你要知道，它们非常好辨认，全身披着雪白色羽毛,黑色的面庞和琵琶状长嘴,身体颀长,举手投足姿态优雅;它们性格温和,生性淡泊而警惕,平时只和鹭类聚群,族群间却十分友爱,从不自相缠斗,反而经常亲昵爱抚。最奇异的是,它们交尾时,会彼此长颈交缠,嘴喙咬合,亲昵无比,交尾结束,雄鹭会直接从雌鹭身上腾身而起飞向空中,在天空中慢慢拍打着翅膀,为雌鹭跳一段美妙的舞蹈。只要它们一出现,整个海湾的鸟类都会停止飞翔,站在树上、岸边、水中,屏住呼吸看它们。

那天我在滩涂上玩,一大一小两只黑脸琵鹭从远处飞来,大的脚上带着一只沉重的铁质鸟夹,飞行得十分艰难,小的那只惊慌失措,围绕大的飞来扑去。我发现了它们,看样子它们是一对母子,我知道它们遇到了什么,我说过我的一只脚是怎么瘸的。我非常痛恨那次经历,自从脚受伤以后,我就到处寻找那些该死的鸟夹,想办法毁掉它们。海湾里有不少伙计遭到过它们的暗算,有的伙计因此成了独腿,可它们都不愿意接近我。不愿意就不愿意,我才不要管那么多,要是它们全都来找我帮忙,我真的忙不过来。

可那一次,不知怎么啦,我居然管起了闲事。我从岸边飞出去,在海面上拦住琵鹭母子。我大声对它们说,嘿,我能帮助你们,我知道怎么对付它!我担心它们不相信我,于是解释说,你们瞧我的脚,瞧见了?是我自己弄掉的!

我把它俩带到岸边,为琵鹭妈妈卸腿上的鸟夹。我费了很大的劲,撬劈了一块尖喙,到底把鸟夹卸了下来。可是，我真没用，琵鹭妈妈受伤过重，它还是死了。

考曾对我说过，100年前，海湾是黑脸琵鹭的乐园，它们成片成片，不知道有多少。它们在滩涂上觅食嬉戏，太阳当顶后，飞去红树林中栖息，它们伸长美丽的脖颈，拖着长长的细腿从容地在海面和陆地上飞行，整个天空都会为它们的优美姿势让路。

考亲眼看到了那个场面，它声音颤抖地对我说，知道吗，天丙，那就是家园的样子！它告诉我，黑脸琵鹭和我们鱼鹰一样，在1亿年前变成了涉禽，可它们比我们脆弱，30年前，它们剩下不到300只，全地球的动物和植物都在为它们祈祷。那是什么情况？我闭上眼睛想象那个场面：天空被霾笼罩着，因为看不清，变成了灰蒙蒙的冰块，地球上很多地方都不适合小另家人生活，它们到处逃亡，非常孤独和害怕。可是，大家都在为它们加油，对它们喊，伙计，别放弃！那当中有和它们一样，没剩下多少的伙伴——聪明而温顺的白犀牛，胆子很小不敢见人的红狼，被人们叫作古猫的华南虎，还有美丽的雪莲、荷叶铁线蕨和鸽子树。小另的家人很了不起，它们艰难地飞越过脏兮兮的天空，飞过稠如泥浆的水域，整整飞了20年，终于闯过了灭绝的危险，有了4000只伙伴！它们每年秋天飞来海湾，第二年春天再飞走，这样，它们当中的新生命小另，就有半年时间和我待在一起，我们可以尽情地玩耍了。

那些人，他们疯了，他们的祖先在这儿生活了6700

年，可没做什么糟糕的事，他们来了才多久？才40年，他们在海湾四周填了挖，挖了填，把湿地中的树林砍掉，在水网地带填满水泥，大片大片的滩涂不见了，浅海的底栖生物快要死绝了，鱼卵和仔稚鱼少得不能再少，滩涂上的莲叶桐、红榄李和水芫花绝种了，生活在红树林中的水獭、穿山甲、果子狸、豹猫早已不见踪迹，一些种群稀少的鸟类不见了踪影，更多的鸟类正在迁离海湾，逃去别处。

我知道我不能阻止人，我什么也做不了，他们力量太大，我早就应该离开这里。可是，眼看秋天就要到来了，小另和它的家人正在来这儿的路上，如果我不拦住那艘勘探船，小另和家人，还有其他鸟类，它们就得远远躲开海湾，去寻找新的迁徙路线和中转地——你应该知道，北半球的雨林正在快速消失，那是一场新的噩梦，如果那样，小另和家人就再也找不到栖身之处，我将失去最后一位朋友。

我用力拍打着翅膀，从海面上拉起来，擦着勘探船升上空中。我不会和勘探船吵架，那不是它的错，它不像我，它是人造的，不听人的话人就会杀死它，我们存在的时间比人长，不能像人那样不讲道理。船尾搅起的浪花打湿了我的羽翅，我能嗅到海水中的油腥味。我朝高空升去，边飞边扭头四下看，想看到考它在哪儿。它应该出现，可它没有。

我用力拍打着翅膀，向高空升去。我很难过。我在心里对自己说,不,天丙,别哭,别在海湾流泪,海湾对我很好,它是我和我同类的家园,它只是保护不了我们。我越飞越高,风将我脑后的针状羽紧紧抿贴在脖颈上,我的翅膀拍打到一缕云朵,将它击碎,细微的水汽推出很远。我看见远处的外海,我不知道那里有没有,有多少可供小另和家人栖息的迁徙带停留地,如果有,它们会不会很快驶来别的勘探船。

好了,现在我已经飞得足够高了,我悬停在高空凌厉的劲风中,看身下那艘勘探船,它就像一粒鸟屎那么大,阿嚏的屎,啄花鸟的屎,而船上的那些人,他们根本不存在。我最后一次想到考,从我出生到现在,每当我孤独的时候,害怕的时候,考它都会出现在我身边,告诉我应该怎么做,可这一次,它没有出现,它抛弃了我,而我不能再回头,勘探船快要接近北岸了,我没有时间了。

我让自己长久地悬停在空中,集中全部精力想,我是谁?我是谁?我是唯一存活下来的恐龙,是从陆地飞上天空的始祖鸟,比其他地球生命更在意自由,我是这样的天丙!我那么想着,感到双翅开始疼痛,疼痛感越来越剧烈。我的羽毛开始发生变化,发出毕剥的响声,快速变成紧凑的鳞片。我狠狠地啄了一下鳞化的翅膀,想缓解剧烈的疼痛,却发现我的尖喙也开始变化,那里长出了尖锐的牙齿。这不是一种舒服的体验,但我没有别的选择了。

我朝东南边的米埔森林看了一眼。我希望我的孩子们知道我在做什么,希望我的同类知道我在做什么。我艰难地收束起鳞化的翅膀,尖锐地发出鸣叫声,头朝下,向海面上那个奇怪的钢铁家伙俯冲而去。

我的速度非常快,那样我就像一块即将消失的陨石。

我,鱼鹰天丙,此刻我在北回归线以南,东经113°46′至114°37′,北纬22°24′至22°52′之间对开海域的海湾中,我向你们发誓,只要活着,我就会在海湾上空飞翔……

2020年4月30日
于深圳听山轩